# 『《1Q84》之後～』特集

## 村上春樹Long Interview長訪談

本訪談，涉及部分《1Q84》
BOOK1、BOOK2、BOOK3的內容。
還沒讀過的人，建議不妨在讀過小說之後，
再讀本訪談。

新潮社《思考的人》季刊編輯部

口述◎村上春樹
採訪◎松家仁之
攝影◎菅野健兒
翻譯◎賴明珠．張明敏

村上春樹的小說世界，不僅描寫眼睛看得見的現實，連內心深處眼睛看不見的現實，也都歷歷浮現眼前。就像直接觸及我們的心靈和身體，或朝我們深沉黑暗之處投注光亮般，是很個人性、普遍性的故事。從一九七九年出道以來已有三十個年頭。一面歷經各種變貌，一面繼續擴展故事的廣度和深度的這位作家，藉著無止境地深刻探尋自己的內心，為生活在現代的你我挖掘出一個又一個的故事。回顧從《發條鳥年代記》、《海邊的卡夫卡》、到《1Q84》的來時路，便能看出一條格外清晰的路線。同時在這過程中，也可窺見作家內心不小的轉變。故事從哪裡產生？人為什麼需要故事？這次我們隱遁至稍微遠離日常生活的新綠山中，進行深度訪談。獻給各位歷時三天兩夜完成的Long Interview大特集。

松家仁之・採訪
Interview by Matsuie Masashi
菅野健兒・攝影
Photographs by Sugano Kenji

FUJIYA HOTEL
富士屋ホテル
1.30m

# 【第一天】

——在村上先生接受採訪的回信中，您引用了「The author should be the last man to talk about his work.」這段話。我想這充分顯示您不太接受採訪的原因之一。因此我想這次，就不將訪談重點放在對作品的解謎以及作家立場的「解說」上，而希望從現存作品上，來請教村上先生身為小說家的態度和想法。

## 從第一人稱到第三人稱

——二〇一〇年四月出版的《1Q84》BOOK3，是村上先生從《海邊的卡夫卡》（二〇〇二）以來，睽違七年再度推出的長篇小說。《海邊的卡夫卡》和更早之前的《發條鳥年代記》（一九九四、九五）之間也是隔了七年吧。

**村上**　我從某個時期開始，便刻意把寫短篇小說、中篇小說，然後再寫長篇小說，形成一個循環，長篇和長篇的間隔時間逐漸拉長。過去的間距短得多了，從《尋羊冒險記》（一九八二）到《世界末日與冷酷異境》（一九八五）和《挪威的森林》（一九八七）之間頂多相隔兩、三年。不過自從《發條鳥年代記》以後，小說的規模變大了，準備和執筆都比較需要花時間。這裡說的準備，主要是指為了寫長篇小說而做的精神準備。

《海邊的卡夫卡》出版後，我寫了中篇小說《黑夜之後》（二〇〇四），然後一口氣寫完收在《東京奇譚集》（二〇〇五）中的短篇小說。接著進入《1Q84》，在這個循環中，出現了幾個變化。最大的變化便是小說人稱的改變。

　在《海邊的卡夫卡》中，有田村卡夫卡的「我」這個第一人稱部分；有中田先生、星野君的第三人稱部分。採取第一人稱和第三人稱分章交替出現的結構，現在看來，可以說是從第一人稱朝第三人稱改變的過渡期。不過當時當然還沒想到什麼過渡期，只是自然地那樣做而已。

《發條鳥年代記》雖然是以第一人稱撰寫，但寫完時便已深感「以後大概無法再以第一人稱寫下去了」。那時候一面以第一人稱書寫，一面也把各種其他要素填進去。間宮中尉的事、笠原May的信、週刊雜誌的報導、潛水艇和動物園的事等脫離「我」觀點的題外插曲。雖然如此分配小說觀點，但仍覺得拘束。

——寫小說的過程中，會感到某種極限嗎？

**村上** 是的。想寫的故事規模變得太大，光是第一人稱沒辦法全部涵蓋。所謂第一人稱的洞察觀點，如《麥田捕手》和《大亨小傳》等篇幅的小說可以處理得很完美。但若再長，只以第一人稱就無法完全施展開來。說得明白一點，就是想做好幾道菜，但鍋子卻不夠用。因此，我認為真正的長篇小說，很少用第一人稱書寫。《白鯨記》雖然只用了第一人稱，不過那寫法有些異於常態，內容有許多帶點民俗性或蘊藏知識性的東西。

——難道就沒有第一人稱才有的優勢嗎？

**村上** 剛開始寫小說時，我不會對以第一人稱寫作有任何猶豫，日後有很長一段時間，也沒想過以其他方式書寫。因為，首先我所喜歡的小說幾乎都是用第一人稱撰寫：像是費滋傑羅的《大亨小傳》、錢德勒的小說。卡波提的《第凡內早餐》也是第一人稱。我覺得費滋傑羅似乎以第一人稱寫小說較能自由發揮。

我初期的小說曾有以我自身觀點來陳述的部分。如果置身於這種狀態——雖然那不是真正的我而只是假想的「我」——寫作工作便會在以這類風格運作下去的觀點上，自然而然地完成。《尋羊冒險記》就是一個好例子，「我」這個主角雖然是個極普通的都市生活者，卻由於一個偶然的契機被逼進一個不尋常的狀況。遇到各種奇妙的人，在那過程中體驗到莫名其妙的事情。

寫完時，我心想
寫實小說已寫夠了。
再也不要寫這一類的東西了。

讀者也以第一人稱的觀點，亦即以和「我」同化的形式，目擊出現在眼前的事物，並一一體驗。故事就這樣進行下去，就像玩角色扮演遊戲般。雖然不是寫實主義的故事，但因為故事線簡單，文章也刻意盡量採取輕鬆步調，因此讀者也能隨著與主角相同的觀點，流暢地行進下去。《世界末日與冷酷異境》基本上也一樣。第一人稱隨著不同章節以「我（僕）」和「我（私）」，一分為二。但觀點始終只有一個。

這種「視線同化」型寫作方式的最佳例子就是錢德勒。通篇故事真的可以說是以「private eye」或菲力普・馬羅這個偵探的觀點進行下去的。雖然故事相當牽強，但有馬羅這個個性化角色，還有錢德勒開闊強韌的文體，替故事的神話性做支撐。對當時的我來說，這種小說的運作模式極為自然，並不覺得有什麼不方便。

## 到了《挪威的森林》

**村上**　自己以一種觀點進入故事情境中時，目擊、反應些什麼，並描寫出那種樣貌。《挪威的森林》以寫法來說也一樣。前幾天我去看了陳英雄導演的電影試片，看著電影時也覺得，啊，這個故事是「我」經歷過的各種風景和事件。

——電影本身，也以第一人稱觀點拍攝嗎？

**村上**　不，不是這樣。看了改編成的電影之後，我忽然發現《挪威的森林》其實是以女性為中心的故事。寫的時候是以第一人稱男性的觀點來看，所以我過去認為基本上這是一則渡邊徹這個青年的遍歷故事。可能很多讀者也如此認為。不過看了電影改編時，就能清楚知道這個故事的中心是幾個女性。是綠、直子和玲子，還有喜歡永澤的初美，這四個女性的故事。和這四個女性的存在相較之下，包括主角在內的那些男性們的存在就較微不足道了。

小說中以第一人稱觀點所敘述、進行的情節，改編成電影時會變成截然不同的故事。換句話說，在銀幕上，渡邊徹這個人，和其他出場人物可以說以等價的姿態出現。如此一來，這部作品最後等於被翻譯成第三人稱的故事了。

——也就是，雖然是以第一人稱所寫的作品，但仔細觀察那個被描寫的世界本身，也可以說第三人稱的世界已經在那個世界展開了？

**村上**　我想最後這部分，便是每個角色是被如何分別描述的問題了。這是很久以前的作品，但四個女人分別被設定成不同的個性，從電影這種其他觀點來看，別有一番深沉趣味。現在想想，這個故事就算以第三人稱來書寫也不奇怪。

——為出場人物都取名字也是從《挪威的森林》前後開始的吧。這極具意義。關於取名字，您一開始會抗拒嗎？

**村上**　抗拒過。剛開始寫小說時，曾強烈地希望不要寫出如普通小說那樣的東西，因此很討厭為出場人物取名字。不過以《挪威的森林》來說，卻是刻意明知故犯，既然想寫寫實主義小說，就非得為人物取名字不可。前面也提到過，如果沒有名字就無法描述出三個人的對話。《挪威的森林》中，有初美姊和永澤兄和我三個人的談話場景；有玲子姊和直子和我三個人的談話場景。要能生動描述這種場景，就得分別給這些出場人物一個具體名字才行。取名字也可以說是向前邁進一步，或讓故事進化的一個階段。雖然當時的我還沒意識到這一點。

《挪威的森林》本來打算寫二五〇頁左右的輕快小說，但一動筆就欲罷不能，最後變成長篇小說。寫完時，我心想寫實小說已寫夠了。再也不要再寫這一類的東西了。

——哪些內容讓你有「這一類」的感覺呢？

**村上** 我是指，我覺得這不是我真正想寫的小說類型。

——其他小說在寫完時，也有這種覺得「這不是我真正想寫的小說」的經驗嗎？

**村上** 沒有。因為那本小說對我來說畢竟是一個例外。當時《挪威的森林》的故事，以那樣的文體書寫對我來說是必要的。就好像要事先掌握住這點一樣。現在有些短篇我也會用寫實文體書寫。只要想寫，而且如果有必要那樣寫，我就可以寫。不過已經不想再寫寫實長篇小說了。

——為什麼呢？

**村上** 自己心中沒有輕快的感覺。在寫《挪威的森林》時，深入那個世界時，的確有那樣的感覺，不過寫完後可能是自己改變了，已經沒有那種真實感了。

還有，我對書中登場的那些人物的後續發展，很意外地完全不再感興趣。有人曾問我要不要寫續篇，但我寫不出來。如果是其他小說，很多角色還留在我心中，有時候，還會要求我寫新的內容。不過這本小說，就在那裡結束了。

——以寫的人來說是這樣，以被寫的世界來說，也沒有從這裡再往後發展的可能性了嗎？

**村上** 都沒有。寫實長篇小說，我想現在我可能可以寫得更好。因為每寫一次，技術上應該會更進一步。只是在書寫的那段期間，自己心中的世界可能會漸漸榨乾，然後就那樣凝結吧。到了約莫五十歲的年紀，也許該說是成熟了吧，很多作家都會變得過分高明。

——例如，厄普代克就是這樣吧？要說高明的確非常高明，卻令人覺得，厄普代克在不斷擴展可能性或引發某種不可能等挑戰十足的世界上，並沒有在他作家生涯的後期寫出什麼特別的東西啊。

**村上** 厄普代克確實有這樣的一面。在寫《兔子，快跑》、《半人馬肯塔洛斯》時，那種不知道故事後續發展，內心緊張興奮的新鮮感已經消失了，只剩下無可挑剔的完美。而且充滿知性。當然還是有讀者喜歡這樣的小說。不過我對往這個方向發展並不太感興趣。

——「高明的作家」的相反語是什麼？

**村上** 應該是「擴展新格局的作家」吧。以《挪威的森林》的情況來說，我想就是希望證明自己也能以寫實主義的文體來書寫長篇小說。想擴展自我。如果實際書寫後能獲得證明，接著便想寫點別的東西。因此，雖然這麼說或許有些奇怪，但原本不是自己路線的小說卻如此暢銷，的確在精神上給我帶來很大的壓力。

## 我和老鼠的故事結束了

**村上**　《挪威的森林》之後，《舞．舞．舞》（一九八八）是採取《尋羊冒險記》的續篇形式書寫的。我想以「我」的視線推動故事前進，徹底盡情地寫出到最後一滴能量為止的小說。我意識到這種寫作方式可能是最後一次了。從《聽風的歌》（一九七九）開始的「我」和「老鼠」的故事線，完成了使命。因此，痛快地享受寫作過程。

也由於那個緣故，那本寫得相當猛烈、衝撞。以那樣的衝撞主導下所書寫的故事可能只有這一本。如果是現在，我想可能會變成比較緻密而深奧的作品，但那時還辦不到。或許應該再醞釀一段時間也不一定。因為我有的作品曾經放了一年左右。不過我想這也算是自成一格的世界吧。

寫完《世界末日與冷酷異境》（一九八五），八六年開始我遠赴歐洲。住在歐洲這三年之間，寫出《挪威的森林》和《舞．舞．舞》，然後寫了幾篇收錄在《電視人》（一九九○）的短篇。從三十歲後半到四十歲前的這段時期，也因為住在海外的關係，可以毫不分心地集中精神工作，對我來說是個很大的轉變時期。

——寫完《舞．舞．舞》後，村上先生的腦中是不是已經可以依稀模糊看到，對自己來說，長篇小說算是工作中心的目標了？

**村上**　當時還不知道。從歐洲返日後，有段時間我可以說是處於虛脫狀態，要在日本找到可以安定的地方相當困難。《挪威的森林》沸沸揚揚的時候我一直不在日本，原本心想熱潮應該差不多冷卻下來了，結果回來一看仍然餘波不減。

——我對那段期間村上先生的感受似乎看似理解卻又不甚理解，您回到日本之後，有一段時間非常疲憊吧？那樣的疲憊感從何而來呢？

**村上**　過去的我一路上都是以自己喜歡的步調，依自己喜歡的方式生活。本來就是一個很自我的人，所以始終保持著跟文壇沒什麼接觸，也沒有跟誰來往的姿態。對方也放任我不管。或者應該說是他們也不理我還比較接近。因為那時候所謂的文壇，也是所謂主流派作家還擁有力量。所謂「文壇」的概念也許有點模糊，不過若要定義，便是指由大出版社文藝雜誌網所維持的業界。

——您和中上健次先生、村上龍先生對談過，除此之外和作家、評論家幾乎沒有接觸吧。即使像春樹先生以這樣的風格過生活，也會感受到當時所謂文壇這樣的存在，就好像某種巨大的集合體嗎？

**村上**　可以清楚感覺到那種氣氛。那段時間以前我有一小部分熱情的讀者，也就是說我只算是個還算有人崇拜的作家般悠閒自在，但我想最後《挪威的森林》太過暢銷了。我對這種事情不太在乎，但還是有種類似說不出的反感，孤立感越發強烈。在日本文學本質改變，主流失去了實質上的力量並退居二線之中，儘管只是結果論，但當時的我才會因「越位」的立場而格外引人注目。即便這並不是我的初衷。我想世上對這樣的現象應該有強烈的類似反彈或挫折的情緒吧。

——我認為擁有大量視聽者或讀者的創作人，擁有越大量的追隨者，越會引起這樣的現象。

**村上**　我最後到底想做什麼，朝什麼目標前進，當時大多數人可能都還一無所知，也看不出來。這點也有很大的關係。即便當時的我已經很清楚了。

——你是說寫完《挪威的森林》，接著又寫了《舞・舞・舞》這樣的作品，大家會產生這個作家到底要做什麼的疑問嗎？

**村上**　現在想想，可能我的寫作水準還很低吧。二十九歲以前完全沒有寫作經驗，忽然寫了《聽風的歌》，得了獎當上作家，寫了《1973年的彈珠玩具》，受到一些注目，書也有某種程度的銷售量，不過在當時，真的感覺自己本來的實力只用了二成到二成半而已。

當時為了想寫出自己更能認可的作品，把店（爵士樂喫茶店「彼得貓」）關起來離開東京，專心寫了《尋羊冒險記》。雖然《尋羊冒險記》已經算是能使出四成半到接近五成的實力了，不過那樣還不夠。《世界末日……》終於可以達到六成左右了。《世界末日……》的前身〈街，與不確定的牆〉則只能使出三成左右，幾年後才能提高至六成左右。每寫出一部作品，目標的標竿就提高一個刻度。《挪威的森林》大概達到七成。不過還是很低。當然並不是說百分比低所以作品的品質就不良，不是這個意思。每次寫作當下我都是盡全力寫，因此才會產生出那樣的作品。我想年輕時寫有年輕時寫的優點。只是，若以本人的手感來說，就會很清楚如果能等到更有實力時再寫的話，應該能寫出更滿意的作品。

中央公論社的「世界歷史」非常有趣，
我從初中到高中，
全卷反覆讀了好幾次。

九〇年左右返回日本，九一年又離開日本，那段期間我寫了什麼呢？出了《電視人》……

——以量來說，有種步調稍微慢了下來的感覺呢。

**村上**　在那前後精神壓力還是很大。書賣了一百萬冊、兩百萬冊，媒體正在炒作，就算我自己不在意，但跟周圍人的關係卻覺得彆扭起來。

——這在朋友、熟人之間也一樣嗎？

**村上**　是的。沒錯。像我這樣的普通人，一發生不尋常的事情，大家都會感到混亂吧。雖然具體情況我不太想提。

## 歷史少年時期

——在普林斯頓大學時動筆寫的是《發條鳥年代記》吧。那部作品的重要情節是諾門罕事件，而這些在日本不易取得的資料卻在普林斯頓大學圖書館中看到了。在找到資料的那個時間點就已經依稀決定要將《發條鳥年代記》式的世界寫下來了嗎？或是從資料發展到小說的世界……？

**村上**　我寫過一篇短篇小說〈發條鳥與星期二的女人們〉（一九八六），最初的創意是想試著把那篇短篇小說發展成長篇小說。在普林斯頓大學的圖書館無意間看到諾門罕事件資料的當下，這兩件事便自然地結合起來。〈發條鳥與星期二的女人們〉這篇短篇我本來想試著寫成像夏目漱石的《門》那種狀況。年輕夫婦生活在位於巷弄深處的僻靜獨棟住宅。從那裡開始發展故事。

——支撐《門》整體氣氛的，是一對夫婦的陰暗影像吧。壓抑的夫婦間，一種停滯的感覺。

**村上**　我想寫出孤立於世界、世間，只有他們兩人的那種狀況。我想當時我親身感受到的，可能也是類似的狀況。

在普林斯頓因為沒有別的事可做，所以我一直在寫小說。很久沒有像這樣創作欲源源不絕，感覺每天都欲罷不能地停不了筆。可能是《挪威的森林》的後遺症吧，回到日本，有一年左右心情悶悶的，但到了普林斯頓就豁然開朗了。我告訴自己只能寫小說。總之就是閉上嘴動手寫吧。

——從歐洲回到日本，在去普林斯頓大學之前，我記得當時我們曾邊走邊聊，您那時表示自己已經四十歲了，打算動筆寫歷史小說。

**村上**　嗯，我曾經想過要跟現在切割，將其他時代的故事寫成小說。我想也許將自己的觀點移到和目前為止不同的、非現代的地方，或許很有趣。但最後還是沒有做。

不過，在水平流勢的第一人稱小說中，將歷史當作縱線，加入垂直流勢，是我從過去就想過的事。這種預感從《尋羊冒險記》的羊博士時就開始有了。所以把〈發條鳥與星期二的女人們〉的故事和諾門罕事件交織起來，對我來說並不是太突兀的事。

——在《1973年的彈珠玩具》中，出現過托洛斯基偷了馴鹿的雪橇從流刑地逃走的一段吧。托洛斯基的傳記忽然在小說中出現我覺得好驚訝，您也讀過以撒．多伊徹（Isaac Deutscher）的「托洛斯基三部曲」嗎？

**村上**　那是高中時候讀的。現在書我還保存著。因為我喜歡傳記，所以到圖書館看到什麼就讀。我也讀和蘇俄革命有關的書，和納粹有關的書。威廉．夏伊勒（William L. Shirer）的《第三帝國興亡史》（*The Rise and Fall of The Third Reich*）是東京創元社出版的，這本我讀得很入迷。夏伊勒還寫了《柏林日記》（*Berlin Diary*）。另外也相當熱衷地讀了筑摩書房的「現代世界非小說全集」。還有埃德加．斯諾（Edgar Snow）的《紅星照耀中國》（*Red Star over China*）。

——所謂歷史，是極端的第三人稱世界喔。另外，其中當然也含有故事性。

**村上**　的確。所以寫得不高明的歷史書，就非常無聊了。中央公論社的「世界歷史」非常有趣，我從初中到高中，全卷反覆讀了好幾次。所以世界歷史的考試都不需要特地去用功讀了。

——對於從少年時代開始，就集中讀了那麼多歷史書和歷史小說的村上先生來說，在普林斯頓大學的圖書館看到諾門罕事件的資料，也是非常自然的事啊。

**村上**　非常自然。

## 故事的寬度和深度

**村上**　在寫《發條鳥年代記》時，中途故事一分為二。第一部寫完那段期間，心想這故事太長太重了，於是決定把前面四章抽出來，加寫成獨立的小說先出版。因為內容複雜地糾纏在一起，所以是相當大的手術，也很花時間。那就是《國境之南、太陽之西》（一九九二）。

那本評價也很惡劣（笑）。《挪威的森林》、《舞．舞．舞》、《國境之南、太陽之西》，以流勢來說，令人摸不著頭緒。我也記得被批評小說退步了。只是以我來看，衍生出來的東西先整理成一本，出版後，再重新面對《發條鳥年代記》，我覺得相當投入，而且我個人也相當喜歡那個故事。

——《發條鳥年代記》第一部在《新潮》連載，第二部和第三部直接出書。當時您已經和文藝雜誌漸行漸遠了，為什麼還把第一部放在雜誌上連載？

**村上**　我對《發條鳥年代記》的文字還滿有自信的，想在雜誌上連載，以連載小說來讀應該很有趣。這種作法我想試一次看看。只是業界的評價分歧。有人說非常好；有人則說這種東西完全不行。不過我有很強的把握，確信自己正在做著過去所沒做過的創新嘗試，不管別人怎麼說都無所謂，我這樣看開了。

寫完《發條鳥年代記》時，有這樣一來總算搭上自己的主線的踏實感。心想這才是我本來想寫的路線。第一部和第二部在普林斯頓寫，覺得這樣就夠了，但書出版後不久，又覺得這樣還寫得不夠，搬到麻薩諸塞州的劍橋之後開始動筆寫第三部。結果，從九一年開始，到完成時共花了將近四年。

我也覺得很慶幸寫到第三部。因為相對於只到第一部、第二部就結束，寫完第三部的世界確實擴大了一圈。

——從《發條鳥年代記》開始，似乎就連《1Q84》的大致直線都看得到了。

**村上**　我第一次開始寫小說是在一九七九年、二十九歲的時候，然後十年、到四十歲為止是一個段落。有種過了四十歲開始寫《發條鳥年代記》，固定在一條路線上，然後從那裡再開始展開新時期的感覺。

對我來說，《發條鳥年代記》中最重要的部分是「穿牆」的故事。穿過堅固的石壁，可以從現在所在的場所到別的空間去，反過來說就連諾門罕暴力的風，都能穿過那面牆吹進這邊來，看似分隔的世界，其實並沒有被隔開，這就是我最想寫的事。

至於為什麼能「穿牆」呢？因為我自己也潛入井底。我由此確信，如果自己深深地潛進去，盡可能普及化，就能超越時間和場所，前往任何別的地方。換句話說主角「我」下到井底穿過石牆這件事，也是一種身為作者的我實際穿過那面牆的類比。能獲得在空間和時間之間移動的視線，對小說家來說是非常重大的事。

——我在讀《發條鳥年代記》時，想到村上先生以前所提過的「歷史小說」大概是這個吧。

**村上**　我所說的「歷史」，並不只是過去事實的羅列或引用，而是指成為一種集合式記憶的歷史。例如，諾門罕中的間宮中尉的強烈經驗，並不只是一個老人的回憶而已，在我心中也是一種持續著的活記憶，是已經化為我的血肉的東西，是直接作用到現在的東西。這點才重要。

——以那樣的概念來掌握歷史，再根據小說的第六感來寫的話，最後就會成為那樣的作品嗎？

**村上**　開始尋求故事的發想時，自然就演變成那樣。一旦想把故事擴大下去、繼續加深、組成錯綜複雜的結構時，就不得不把所有的東西都往眼前的洞裡丟進去。否則就無法支撐起故事。要把自己心中所有的記憶、體驗過的事情、感興趣的東西、讀過的東西、看過的東西，一一丟進去。有時候幾乎毫無脈絡可言。在這層意義上，歷史對我來說是豐富的引用來源，也是啟發創意靈感的寶庫。

——剛出道不久時，還沒把歷史直接放進自己的作品中。

**村上**　那時候還沒有那樣的餘裕。而且那時候，我所寫的故事的洞還沒那麼大。是花時間漸漸把洞挖大的。情況就是，跟著放進去的東西也漸漸變大、漸漸增加。

——到《發條鳥年代記》為止的十年間的歷程，也可以說是一種什麼東西丟進去都可以，創造故事的寬度和深度的過程嗎？

**村上**　是的。到了《發條鳥年代記》，終於能寫出自己也能認可的規模的故事世界了。只是即便當時我說是「故事」也還幾乎沒人能理解。那時候所謂的故事，在現代文學中尚未被視為重要命題。我第一次清楚意識到現代的實際「故事」的具體例子，是從約翰·厄文的《蓋普眼中的世界》（*The World According to Garp*）看到的。

——後現代主義的東西比現在更有力量吧。

**村上**　戰後文學，極簡單來說，就是前衛和寫實主義的對立。在寫實主義中，又有馬克思主義的寫實主義，和私小說的寫實主義。不過根本上沒什麼差別。和這對抗的，則有排斥寫實主義的前衛派知性小說，那最後則被後現代主義所吸收。另外，兩個陣營都不太重視故事這個元素。在日本戰後文學中，幾乎沒有讀了真的會覺得有趣的作品，我是說對我來說。

所以那時候，我說到「故事」這個用語時，能立即理解的，只有河合隼雄先生。很遺憾地在文學世界裡找不到這樣的對象。

## 到普林斯頓

——從九一年開始到普林斯頓，我想對村上先生來說是一個大轉機吧。首先是開始寫《發條鳥年代記》，另外一件事是初次遇到河合隼雄先生，而且是在正當波斯灣戰爭中的美國。從在普林斯頓見面之前，河合先生的工作對村上先生就

### 野營與黑暗

——您從熊野那帶出發到奈良，一個人背著帳篷徒步旅行是什麼時候的事？

**村上**　是大學時的事了。那時候我背著睡袋，獨自走了好久。照著自己的步調行事是過去就這樣的，因為和別人的步調合不來，所以到任何地方都是一個人。

——獨自夜行、野營時，曾強烈意識到黑暗的獨特感覺，您以前曾這麼說過吧？

**村上**　野營的時候，我相當強烈地感受到黑暗中那土地原生力量般的東西。那時候無論到日本的哪裡，多多少少都能感覺到那種力量的存在。不過，在東京完全感受不到。

——您去過哪些地方呢？

**村上**　各式各樣的地方，什麼地方都去過。東北也去過，九州、北陸也去過。連淀橋淨水廠，後來，也常去那一帶野營喔。以前，新宿西口附近什麼都沒有，在荒原中有一座淀橋淨水廠。

——就是現在變成東京都廳等大樓林立的都市峽谷那帶吧。

**村上**　對。當時新宿站的地下道也只有西口地下道，跟任何地方都不相通，空空蕩蕩的。大學時期我也常在那裡野營。

——為什麼要這麼做呢？

**村上**　嗯……為什麼呢……我也說不出個所以然，就只是因為喜歡野營吧。

——嗯……這樣啊。警察沒來趕人嗎？

**村上**　沒有。不過還有其他像我一樣喜歡野營的人，偶爾會湊在一起，天南地北地聊，很有意思。

（張明敏譯）

具有特別意義嗎？

**村上**　老實說，我跟河合先生並沒有同時在普林斯頓。我們錯過了。河合先生是在我搬到劍橋之後，才到普林斯頓的。但在我有事去造訪普林斯頓時，透過共同的朋友介紹見了兩次面，才有機會談話。

我以一個實際作家的身分，希望盡量不要觸及分析性的事情，所以那時完全沒讀過河合先生和榮格的書。榮格的書現在也還沒讀。不過實際見了面談過話後，覺得河合先生是個有趣的人，他在聽話時與說話時完全不一樣。我剛開始以為他是個非常沉默寡言的人（笑）。我以為他對我所說的話，只是「啊，是嗎？這樣啊，那真有意思。」地聽著而已，下一次見面時，卻把自己的意見滔滔不絕地說出來。今天是聽的日子，今天是說的日子，完全分開。聽的日子和說的日子，眼神也完全不同。聽的日子眼神銳利得多。這種人，很少見（笑）。

當我說到「故事」的時候，能把我想說的概念整體完完全全理解的，除了河合先生之外別無他人。在他去世以後的現在我還是這樣想，以後可能也不會改變。我對別人提到「故事」這個用語時，不曾完全得到共鳴。經常都會意識到什麼地方可能稍微有些出入。只有河合先生，真的是完全吻合。在這層意義上，能和河合先生見面，對我來說是很大的鼓勵。對於我想做的事，對於我心中模糊的願景，居然不用說明就有人能全盤接受。

——這個時期的美國，對因泡沫經濟而膨脹的日本，有很強烈的反日情緒吧？

**村上**　那真的很嚴重。「打擊日本！Japan bashing!」的情況是現在也想像不到的強烈，日常生活自然陷入緊張狀態。逼得人不得不思考，所謂的日本人到底是什麼？《發條鳥年代記》就是在這樣的外部壓力下，一面切身感受緊張氣氛一面寫下的小說。與其說是愉快地書寫，不如說是緊繃得近乎自虐的感覺。我寫小說寫得最費力的，可能就是《發條鳥年代記》了。

## 「第三新人」講座

——您到普林斯頓翌年的九二年，和《發條鳥年代記》開始連載幾乎同時，受邀以客座教授身分開了一門關於第三新人短篇小說的講座對嗎？那時候，授課和《發條鳥年代記》的執筆同時進行嗎？

**村上**　不，不可能同時進行。那個學期間小說暫時中斷下來，專心在講課上。一面集中讀第三新人的短篇一面準備一星期份課程的筆記，讀學生提出的報告打分數，總之光準備就很累了，實在沒時間再去寫小說。

——為什麼會選第三新人為主題？

**村上**　一方面想有系統地讀這個時期的日本文學，一方面我個人也喜歡小島信夫、安岡章太郎、吉行淳之介這些作家。而且當時，第三新人在美國像air pocket空中氣穴般空白，幾乎沒有被讀過。

——因此，這是否為小說家．村上春樹先生帶來了什麼呢？

**村上**　所謂第三新人小說基本上是自由的。就是人們說的戰爭結束，制度徹底改變，已經不是軍隊，做什麼都行，大家都在做著喜歡的事。即使現在讀起來也很新鮮。視線是靈活的、自然的，文章也流暢易讀。雖然有隨著時代的經過而漸漸變得不再自由的部分，但仍有種像是因他們戰後立即出現的自由而甦醒的東西。不理會周圍，隨心所欲寫著想寫的東西。

寫成小說為時尚早，
而且太有真實感，
事件也太大了。

——去參加那個專題的學生，是想成為日本文學研究者的人，還是想寫小說的人？

**村上**　不太清楚，只是招募學生他們就來了，所以我不是很清楚那些。裡面有大學生也有研究生。也有幾個對此興致勃勃的學生。我想基本上大家都上得很愉快。

和年輕人一起歸納、閱讀小說，追根究柢地討論，也很有意思。原來預定每星期兩次各一個半小時，有時嫌麻煩改為每星期一次三小時一口氣上完。我想學生也很能跟得上腳步。《發條鳥年代記》暫告一個段落，開一學期的課也許還不錯呢。就像是與其在井底下一直寫，不如跳出表面來暫時呼吸一下新鮮空氣，再回到井底下去似的感覺。

——在普林斯頓之後，就轉到Tufts大學去了。

**村上**　住在美國漸漸覺得有趣了起來。既可以集中精神工作，也交到新朋友。原本在普林斯頓兩年的契約特別延長到兩年半，然後Tufts大學請我去，就到劍橋待了兩年。總共住在美國四年半，九五年回日本。

——正準備回國時，就發生了阪神大地震，接著又發生地下鐵沙林毒氣事件吧。

**村上**　那時候，還沒確實決定回去，後來下定決心在學期告一段落的六月回國，還是因為這兩個事件的關係。我真實地感受到日本在戰後五十年的時間點上，確實在持續地轉變中。我是日本的小說家，以日本為舞台以日本人為主角寫著小說，所以要以自己的眼睛實實在在地看清楚日本的改變的心情很強烈。

——再度回到住得不愉快的日本時，感覺如何？

**村上**　那時候正在寫《發條鳥年代記》，我自己的麻煩已經解決了，長期在國外生活，讓我變得相當堅強。也看得見自己心中想做的事情了。而且《挪威的森林》已經變成遙遠的事件了。

## 《地下鐵事件》和《薩哈林島》

——回國第二年，開始進行把地下鐵事件受害者的採訪寫成《地下鐵事件》（一九九七）的工作。

**村上**　剛開始我想的是，這不該寫成小說。要寫成小說還為時尚早，而且太有真實感，事件也太大了。所以我想採取「不是小說」的形式。「非小說」（nonfiction）和「不是小說」不同。因為非小說有一種形式。我想既不是小說，也不是所謂的非小說，如果以我自己的形式來描寫這個事件要如何做才好——我花了一些時間才決定。

因為我不是新聞記者，沒辦法進行實地四處收集各種細微事實，一一驗證再加以構成內容的採訪。我不懂那種專業知識，那種手法也不符合我的個性。我能做的，而且又不是寫小說的方式，就是慢慢坐下來聽人說話，再把那寫成文章。這個我倒很擅長。那麼，該聽誰說呢？那必然是被害者的話。我想盡量多聽一些被害者說的話。我確信那樣的作業一定具有很重大的意義。雖然在那個時間點，我還不知道具體上那意味著什麼。

我向講談社提出這件事時，他們派了兩位優秀的研究員跟我一起做。他們找出受害者，跟他們取得聯繫，幫我找出願意談的人。我非常不擅長跟第一次見面的人交涉，因此這是我一個人絕對辦不到的工作。我到現在仍然非常感謝這兩位研究員。

——《1Q84》中有出現契訶夫的《薩哈林島》喔。契訶夫寫《薩哈林島》是在名聲已經確立之後，像突然般前往薩哈林島。也有人批判他為什麼非得去薩哈林島，非得寫出那樣的東西不可。我覺得《薩哈林島》和《地下鐵事件》可以重疊來看。

**村上**　或許多少有些這種地方。寫《薩哈林島》的契訶夫心情，我好像稍微能夠瞭解。可惜契訶夫英年早逝，因此寫這本書的意義，沒有能夠具體成形。其實《薩哈林島》仔細讀起來是非常傑出的書。

——以小說家來看，什麼地方傑出？

**村上**　在描寫上很出色。他不太陳述意見。只是仔細地觀察細微的地方，加以描寫。觀察然後描寫，再觀察，再描寫。在那樣的姿態中，他的憤怒和悲哀已經躍然紙上。並不是憤怒地寫著，或悲哀地寫著，只是結果浮了上來。契訶夫這個人，以觀察者來說真是個傑出的人。

雖然無法跟那相比，不過《地下鐵事件》的情況，我也努力想藉認真聽人說話，把內容公正地記下來，以表現我自己的憤怒和悲哀。事後重讀起來，有很多地方讓我感覺很慶幸自己做了這件工作。

## 《黑夜之後》和《1Q84》

——回到今天話題開始的人稱問題上，《發條鳥年代記》還是以第一人稱和第三人稱世界的混合方式寫成的吧。

**村上**　《神的孩子都在跳舞》（二〇〇〇）才第一次全面成為第三人稱的世界。我透過寫這本書，獲得短篇也能用第三人稱書寫的自信。而把那帶進長篇作品中則是下一個課題。

《神的孩子都在跳舞》以小說的形式把神戶大地震的事寫了出來。神戶是我成長的地方，因此我也很想寫一點什麼。但不想在長篇小說和中篇小說裡以這個主題來寫。因而不得不以短篇連作的形式來寫。因為是連作，所以在開始執筆前先決定了幾個規則。不以神戶為舞台。不描寫因為地震而直接受害的人。雖然如此，但描寫因為地震而靈魂在某種形式上受到震撼的人。我這樣想。

——執筆者以完全無關的他人的第三人稱出現在小說中，這種感覺和在《地下鐵事件》中，聆聽初次見面的人說話的作業，有相關之處嗎？

**村上**　我想有。因為採訪並聆聽他人說話，就是傾聽別人的故事。自己變得無色中立，把人們的故事裝進自己心中的作業，雖然這已經是以結果論點，但我想這是成為建立起第三人稱故事的契機。

《神的孩子都在跳舞》後所寫的《黑夜之後》（二〇〇四）也是第三人稱。《1Q84》說起來，是將一九八四年這個仍屬類比時代的世界數位化的作業流程，但《黑夜之後》的情況，則是將所謂現代這個數位社會以數位處理的作業來寫。因此和以前的寫法相當不同。是一部就宛如以數位錄影機Handycam同時拍下粗糙的影像，剛開始只寫台詞，然後才加上敘述文章的小說形式。這樣一來就會出現完全不同的節奏、不同的語彙，非常有趣。

只是，以中篇作品來說雖然寫出有意思的敏銳趣味，但那手法有多少能運用到長篇上？我想這就難了。要發展成長篇這樣是不夠的。不夠的是什麼呢？是故事中沒有狂野的扭曲感。雖然《黑夜之後》是部奇妙的小說，情節也有迂迴的地方，但流勢卻不可思議地具整合性。上方的相機鏡頭一直環視著世界，那意志抽象地掌管著世界。這就是網路世界的現實狀況。相對於事物的善惡，資訊精準度更是優先順位的尺度。這種觀點和感覺非常有趣。我想在這裡再增加另一種不同的扭曲。

## 一九八四年這個時代，日常生活中還沒有電腦、網路和手機

寫《1Q84》時我曾經深感不便，說起來一九八四年這個時代，日常生活中還沒有電腦、網路和手機。心想如果這時候有網路、如果這時候有手機，故事的進展就會輕鬆多了，之類的（笑）。打電話必須去公共電話打，查資料不得不去圖書館。這樣一來當然很費事，故事本身也拉長了。如果是現代的話，我想故事可能會快速往前推進，但如此一來故事的微妙處就不見了。這時類比資訊的數位處理就成為必要了。我所說的「扭曲」，也指這種事情。

——《發條鳥年代記》也是設定在一九八四年吧？

**村上**　那完全是偶然。《發條鳥年代記》中牛河也出現了，但那也沒有特別意識到年代。設定在一九八四年，當然是因為喬治．歐威爾寫了《1984》，剛開始我想寫一本書名叫《1985》的小說。《1984》翌年的事情，想寫和喬治．歐威爾完全不同的東西。

《郵差》的導演賴福特（Michael Radford），也拍了約翰．赫特主演的電影版《1984》。他來日本的時候，我們兩人在青山的壽司店用餐，我說我想寫一本名叫《1985》的小說，他說：「Haruki（春樹），這有點不妙。因為伯吉斯（Anthony Burgess，《發條橘子》作者）已經寫了。」（笑）。我對伯吉斯不太有興趣所以完全忘了，不過他確實寫了《1985》這本小說。

我想這就不妙了，在東想西想之間，想到《1Q84》這個書名。以我的情況來說，有從書名開始的小說，也有後來才想破頭取書名的小說，而《1Q84》完全是從書名開始。從如果以《1Q84》為題來寫小說，會成為什麼樣的小說呢？剛開始完全只有書名而已。

## 《1Q84》如何產生

——《1Q84》要寫什麼，是從有書名之後才開始的嗎？那時，小說的構想是如何產生的？

**村上**　完全沒有小說的構想。

——那麼，模仿巴哈的《平均律鋼琴曲集》的第一卷、第二卷，把BOOK1、BOOK2分別分成二十四章，是在什麼時候想到的？

**村上**　在想到要讓青豆和天吾交替出現的時間點，就決定要以平均律的形式來進行。因為我喜歡「束縛」。不過剛開始寫的時候，故事要如何展開，腦中也完全還沒有構想。

販売鉢物
FOR SALE

——青豆這個人、天吾這個人的所謂人物形象，最初是不是已經模糊地浮現了？

**村上**　人物形象也完全沒有。總之先決定名字。想到青豆這個名字時，我便想：啊，這個可以。接著想到天吾這個名字，就知道這本小說一定會很有趣。這種事情光從名字就知道了。這是題外話，不過，在飛驒的高山地方，好像實際上真的有姓青豆的一族。聽說出版社收到他們寄的電子郵件。

《1Q84》這個書名出來了。青豆、天吾的名字也出來了。人物角色在書寫期間自然會發展出情節。接下來就是開頭了。青豆從高速公路的太平梯走下的那一幕，是怎麼出來的？我曾經從新聞報導聽過，首都高速公路壅塞時，有人把車子停下，從太平梯走下去的事。

——實際上有過那樣的事情嗎？

**村上**　地點和事情的由來，這些具體的事我已經不記得了，不過那則新聞卻奇妙地留在腦海裡。從此以後，我每次開車經過高速公路時，眼睛都會尋找太平梯（笑）。在塞車的三號線開著車時，忽然想到，如果從三軒茶屋一帶的太平梯走下去就變成另一個世界了，怎麼樣？如果那就是《1Q84》的世界的話會怎麼樣？

——走下太平梯的話，故事就會動起來嗎？

**村上**　對。在那個時間點，什麼會怎麼變，在那個地點會發生什麼事情，就連我也完全不知道。還無法預測。不過雖然不知道，還是姑且把青豆放在塞車的高速公路上，讓她從太平梯走下去看看吧。為什麼她會那麼心急？她有什麼事要辦？她負有什麼使命？在這樣持續寫下去之間，故事就一點一點地成形了。寫完第一章來到天吾的第二章的地方，那，開始想天吾這個男人到底是什麼樣的人，他是做什麼的？他可能也有某種個人問題。而且那事情應該在什麼地方和青豆有關連。例如這兩個人，很久以前分開了，但彼此可能還強烈地深深思念著對方。

還記得〈遇見100%的女孩〉這篇短篇小說嗎？

——記得啊。就是〈四月某個晴朗的早晨遇見100%的女孩〉（一九八一，收在《遇見100%的女孩》）。

**村上**　那一篇，好像在全世界都很受歡迎。我聽過幾次在外國的大學被拿來當教材用，電影科系的學生在世界各國已經拍了七、八部電影。太多人來申請，現在已經停止了。因為是學生自己拍的影片所以並沒有公開放映，不過我大概看過四部吧。每部都相當有意思。這個故事到底什麼地方，這麼刺激大家呢？如果把這短短的故事，膨脹到非常大的話，到底會變成什麼樣的故事？我以前就偶爾想過幾次這樣的事。

這些各種思緒的片段和記憶，就像丟進洞裡那樣一一丟進去。然後很自然地、自發地，故事就動了起來。在這個階段，所謂自發性是很重要的。

## 封閉的迴路

——在最初的階段，絲毫都沒有「先驅」這類東西，和領導般的人存在嗎？

**村上**　我曾經到東京地方法院和高等法院去，旁聽奧姆真理教的審判，記了幾本審判紀錄的筆記。也認為應該寫點什麼關於那個的東西，不過那時候有關奧姆真理教的事件，我覺得自己已經變得不想寫根據事實的東西了。不過另一方面，也不想寫成小說。我主要是去聽有關林泰男的公審，一直看著活生生的血肉之軀站在眼前，事實太沉重了。並不是能那麼簡單地一轉手就拿來當做小說題材使用的東西。

那麼要寫什麼呢？我想當初自己切身感受到的各種諸如真實的感情、印象、困惑之類的東西，只能改寫成完全不同形式的東西。關於奧姆真理教和地下鐵沙林毒氣事件的相關情況、關於審判等，在我心中所累積的東西，我想以某種別的形式收藏起來。我想這如果當成主題可能太大了。

《黑夜之後》中也隨處滲透著我這方面的感情，和各種幽暗的感想。那是自然衍生的東西。但在像《1Q84》這樣長篇的故事中，要怎麼將這些東西表現出來就成為很難的問題了。因為中篇和長篇，題材所擁有的重量截然不同。只是若以《1Q84》的情況來說，不就是在structure（結構）

### 午睡的音樂

——半夜三點或兩點半起床那天，您會不會睡午覺呢？

**村上**　會啊。早上早起的話，下午就會躺在沙發上午睡三十分鐘左右。邊放著古典音樂。

——各種曲子都有嗎？

**村上**　大致上是固定的，有幾種選擇。最常聽的是舒伯特的〈C大調弦樂五重奏〉。至於說為什麼呢，因為我有一張馬友友和克里夫蘭管弦樂團合作的CD，聽那張CD不知道為什麼就會馬上睡著。也許是演奏很無趣吧。不過反過來說，我覺得它很適合當作午睡的背景音樂。午睡三十分鐘醒來時，差不多是第三樂章的中段。因此第一樂章和第二樂章幾乎都沒聽到，但是第三、第四樂章就很熟悉。

——不過，這不能讓馬友友知道吧？

**村上**　並不是不喜歡馬友友，我常聽他的演奏。可是只有那張舒伯特，真的會讓我昏昏欲睡。

——無趣但能催眠，某種意義上也算是傑出的演奏吧。令人不快的演奏應該會讓人無法入睡不是嗎？

**村上**　我試著聽其他人演奏同樣的曲子好幾次，但是不太能睡得著。

——真有趣。

**村上**　是啊。還有我自己收集的全都是室內樂慢板樂章的MD（Minidisk）。午睡時也會放那類音樂。我準備了幾種選擇。睡覺的時候，太差的演奏不行，太棒的演奏也不行，要兼顧是很難的。我會注意選曲。
大致上我會小聲播放古典音樂CD伴我入睡。我是LP（Long Playing Record）迷，但放LP時不是需要手動操作嗎？那樣我會緊張得睡不著。因此午睡時放CD很方便。對午睡迷來說，是很棒的發明。

（張明敏譯）

中，帶進那個主題並加以組合嗎？我是這麼認為的。

被麻原命令在地下鐵電車中施放沙林毒氣，而受到死刑宣判的那些人，到現在可能都還無法真實地感受，無法把那當作現實吧？這些人因為某種原因而接近奧姆真理教，例如去瑜伽教室上瑜伽課的時候，進入了宗教領域。在不明所以之間就被拉進另一個世界了，我想那些人這樣的想法很強烈。然而，在這個世界現實上他們所做的事情，是只能被處以唯一死刑的行為。那對他們來說，感覺上可能像一種假想的現實。常常有人說，如果沒有那樣的狀況，他們多半是認真的青年，就算有一點太過認真之處，應該也可以很普通地生活下去。

——村上先生在採訪過被害者之後，又繼續做了奧姆真理教方面的採訪。雙方的真實，不會起衝突嗎？

**村上**　被害者認為動手的犯人理所當然該被判死刑的心情我可以理解。以實際面對過這些人的我來說，無法對那樣的心情說No，也不想這樣說。不過，如果站在加害者的立場來看，他們對現在自己所處的這個世界，可能沒有所謂現實這樣的真實感，我也能理解。

像《1Q84》那樣，只是走下一個太平梯就進入不同世界的狀況，和那種真實感沉重地重疊起來。不是光以類似虛構的、以小說構築的異次元世界般的情境，其中還有現實活生生的恐怖感。相較之下，「先驅」和奧姆真理教在事實上的相似性，畢竟只是表層性的東西。反倒是結構本身的恐怖，對我來說更真實、更確實多了。

——那所謂結構上的恐怖，換句話說，也就是村上先生經常提到的組織上的恐怖嗎？

**村上**　沒錯。

——我想《1Q84》可以被看成是《地下鐵事件》、《約束的場所》（一九九八）等村上先生的工作化為小說的成果。您對這點有什麼想法嗎？

**村上**　可能因為我把「先驅」這種新興宗教團體設定成為小說故事的中心，所以把奧姆真理教放在心裡寫著，還有可以說在帶有新聞性或表象性的地方有些重疊，我想在某種程度上是不得已的，不過這以小說的要素來說並不是那麼重要的關鍵。

我想提出的問題應該說是更內在的、精神性的狀況。引起奧姆真理教事件或帶來奧姆真理教事件的前奧姆時期、後奧姆時期的心理狀態，很可能是潛藏在我們每個人內心的那種黑暗般的東西，我想提出的問題是那樣的東西。

——奧姆真理教事件以新聞媒體的世界來看，只是以所謂的奧姆真理教就僅僅是邪惡的、善良者無辜被殺的模式來描寫，大家也認為新聞媒體的任務就是這樣，然而當身處於那惡之中時，就能看出那並不是那麼簡單的事情。

**村上**　是啊。所謂善和惡並不是絕對的觀念，畢竟只是相對的觀念，有些情況甚至會忽然整個對調。因此，與其說什麼是善什麼是惡，不如每個人在各自的領域分別看清楚，現在有什麼正在「強制著」我們，那是善的東西還是惡的東西？自己試著檢討看看。這個作業非常孤獨而且辛苦。不過首先必須先知道，自己是否正被什麼強制著。

另外一個問題，是組織，無論什麼樣的組織，幾乎都不認同各別的個人自行做決斷。例如麻原，在企圖強制教團的人做什麼時，首先會訓練他們無法個別做判斷。他們稱那為，絕對歸依。我稱那為「封閉的迴路」。把迴路閉鎖起來無法從那裡逃脫，讓下面的人照上面判斷的方向，像老鼠般跑著。於是人的方向感被剝奪，被逼進連強制他們的力量是善是惡都無從判斷的狀況。

如果那是開放的迴路，某種程度還可能做出個人判斷。然而一旦被封鎖起來之後就變成不可能了。被命令施放沙林毒氣時，有人說只要說「No」就行了吧？只要拿著沙林的袋子逃走就行了吧？只是一旦進入一個封閉的迴路之後，這種事情就會變成辦不到了。但在法律上卻不得不裁定為純粹的犯罪，一旦裁定後就有罪了，有罪的話在量刑上，死刑判決就無法避免了。我在法庭上深深感受到那種恐怖。

麻原是從什麼學到那組織的？是從國家權力學來的。納粹由於徹底執行思想教育，把迴路轉成閉鎖式的，由上面強下指令虐殺猶太人。大屠殺的執行者卡爾·阿道夫·艾希曼（Karl Adolf Eichmann）這個人自己可能沒有善或惡的觀念，只是非常能幹的官僚，非常有效率地、俐落地處理解決上面交代的任務。對他來說，並沒有判斷命令內容是善是惡的基準，也沒有這個打算。因此戰後被逮捕，在以色列被判死刑時，他仍完全無法理解那意義何在。雖然看了幾部紀錄片，還是無法理解自己為什麼會被判死刑。

這種所謂思考的閉鎖性，試想起來實在可怕。尤其在像現在這樣資訊氾濫的網路社會，連自己現在到底被什麼所強制著，都漸漸弄不清楚了。連自主做的事，事實上可能都是受到資訊無意識的強制。

——就算不到和殺人行動有關，卻會以為有些無形中受到組織強制的事，是憑自己的意思選擇的喔？

**村上**　是啊。這種事情，比大家想像得更容易發生。青豆是一個不願意把自己周圍生活的世界閉鎖起來的意志非常強烈的女性。小時候，她因為父母的關係，被封閉在「證人會」這個宗教團體的世界，強制她信教。不過，到了十歲時，以和天吾互相握了手為契機，從此決心逃出來。那時候迴路打開了。她是一個持續鮮明地保有「打開來走出去」這種感覺的人。在她活下去時，那成為比什麼都重要的資格。她經常用自己的大腦思考，自己下判斷。

不過要這樣活下去是非常辛苦的。那有時候會引起激烈的憤怒，她在自己的確信下犯下連續殺人事件。也一頭栽進性愛的歡愉中。雖然如此她還能依然保持冷靜，確保自我地繼續活下去，是因為她一直相信和天吾握手時，所感到的人與人溝通的溫暖和深度。

天吾雖然沒有這樣的憤怒和混亂，但對於必須開放自己的想法也很強烈。因此努力離開企圖把自己關閉在狹小世界的父親，又從完結而靜謐的數學世界，轉移到充滿混亂的故事世界去。只是，他和青豆不同，他不屬於積極攻擊，不屬於有些情況甚至是暴力性地攻擊，要去破壞既成組織的類型。在一邊想開放自己的同時，還強烈希望和年長女朋友兩人靜靜躲在安穩的世界裡。

這兩個人，在《1Q84》的世界如何分別活下去？一邊忍耐著在組織中貫徹個人意志，這樣極孤獨而嚴酷的作業，如何再度獲得心的連結？我想《1Q84》終究是這樣發展的故事。雖然實際在寫的時候，並沒有特別想到這種事情。

## 互相握手

——《1Q84》的出場人物，青豆和天吾不用說，就以Tamaru、牛河、柳宅的老婦人，我想他們都是幼年時代被強制度過很壓抑的生活，受過某種形式傷害的人。如果就那樣下去的話，可能毫無抵抗力地被傷害的人，卻靠自己的力量逃出那裡，在孤獨中開創自己。和組織這東西對抗的個人，在孤獨中不得不開創自我，我想這種情形描寫得相當清楚。

**村上**　開創自我這件事，因個人的情況而異，有人成功，有人不成功。關於青豆和天吾，雖然愛這東西成為很重要的關鍵，但對Tamaru和牛河來說，愛似乎沒有那麼大的效力。Tamaru既堅強又冷酷，是個非常有魅力的人物，但以他來說，他現在所在的場所是完結的。他不是強烈需要和別人擁有深切精神聯繫的人。為什麼呢？因為追求愛這件事，看青豆就知道了，是必須把自己逼進危險境地的。以牛河來說結果只能走向那樣的結局。

——《1Q84》中令人難忘的是互相握手的那一幕，讀完後，還能留下、感染到伴隨著某種身體性的感覺。十歲的青豆握住天吾的手的那一幕是最重要的，描寫了好幾次，其他也有幾次握手的情況，在澀谷殺了人的青豆造訪柳宅時，Tamaru伸出右手要和她握手，柳宅的老婦人也握了青豆的手。深繪里在電車上一直握著天吾的手。人的手和手相握的行為，非常新鮮，是意義深遠的行為這件事，我感覺《1Q84》這本小說反覆表達了好幾次。村上先生每次都描寫得非常仔細。

**村上**　這麼一說，這本書中握手的場景確實相當多啊。還有安達久美握天吾的手的描述，有各種手的握法。我倒沒留意到。

——我覺得可能是這本《1Q84》小說的中心，含有對愛這東西的思考，和如何喚醒愛的力量這些事吧。

**村上**　身體的芯，擁有不容易冷卻的確實的溫暖，具備肉體的質感，我覺得這點很重要。透過握手這個行為，出場人物或許在互相確認那種質感。或許在探尋鎮石的所在。我所採訪的奧姆真理教的信徒中，就感覺不太到這種像鎮石般的東西。他們用語平順，邏輯也很確實，聽著會覺得有道理，不過從身體的芯傳過來的東西卻很稀薄。

我反而在見到面的那些被害者中，看到這個。透過日常生活所帶來的各種事情，就像水流過各種地層那樣，自然滲出的質感。那可能是極平凡、微小的東西。可能有人會覺得外表看起來不怎麼好看。不過，就是有這個人是這種人的感覺，如果伸出手就會摸得到質感在裡面。那就建立起那個人的人格。不管你給不給那人格好評價，喜歡或不喜歡，那就在那裡。

天吾和青豆，十歲的時候互相緊緊握住對方的手，因而能獲得類似身體芯的溫暖般的東西。那是非常肉體性的記憶。那溫暖的記憶最後救了兩個人。可能牛河和Tamaru都沒有那樣的體驗。

## 挖出故事

**村上**　我和他們不同，我幼年時代和少年時代，並沒有受傷的記憶。在夙川與蘆屋的安穩住宅區長大，也就是所謂中產階級的孩子，因為是獨生子所以也沒有糾紛，家庭也沒有問題，學校成績雖然不算好不過還算普通，讀書聽音樂，和貓玩耍，這樣淡淡地做著自己喜歡的事過著日子。學校也上普通的公立學校，有朋友，也和女朋友約會，常常外出遊玩。可以說是平穩無事的少年時代，總之，沒有一件想要寫進小說的事情。

因為讀了非常多書，平常的話可能會想自己也來寫一點什麼吧，但不知道為什麼，一直到二十九歲以前都沒有想寫小說的心情。為什麼？因為沒有可以寫的東西。自己身上完全沒有戲劇性的東西呀。

反而是以前的時代，有戰爭，有貧窮，到處都是可寫的東西。有人從思想性的地方，寫出像《蟹工船》那樣的作品。然而我完全沒有想寫的事情、該寫的事情。因此離開大學後開始開店，背著貸款，每天辛辛苦苦工作，到了二十九歲的某一天，突然想到「啊，可以寫吧」。沒有任何根據只是這樣想。剛開始不知道該寫什麼才好，所以總之想到什麼就開始寫起來。

於是，寫著之間，漸漸知道一件事，就是幼年時代、少年時代，自我其實仍受過各種傷痛。說起來，不管任何人，在什麼樣的環境長大，成長過程中都會分別受過傷，都有被傷害過。只是沒留意到那事情而已。

——二十九歲開始寫小說，才第一次發現這件事情。

**村上**　可能在結了婚、獨立了，一心一意地工作之間知道的也不一定。自己在某種意義上失去了、受傷了、受害了。過去以為在和平的環境中沒問題地悠哉長大，過著還可以的幸福少年時代。然而說不定不只是這樣。

我並不是在責備父母。父母也盡了力。任何動物都一樣。都把要活下去該知道的know-how傳遞給孩子。人的情況和其他動物不同，因為運作著非常複雜的社會生活，因此know-how也變得更複雜。不過傳遞know-how這件事，某種意義上是讓迴路閉鎖起來的行為。這點明白嗎？

——很明白。

**村上**　所以，我自立了、自由了，自己工作，隨著建立起自己的生活系統之後，才漸漸知道自己受了多大的傷。似乎提了好幾次，但我並不是在批判雙親。雖然想法和生活方式都完全不同，這沒辦法。只是從這裡、從那痛苦、從那乖離的感覺，衍生出自己內在的故事來而已。

《1Q84》中出現的那些所謂受傷的人，雖然被極端擴大、誇張化，但也是我自己的投影。這是在寫的時候感受到的。所以我想故事才能真實地寫出來。假設自己可能這樣，也把自己放進他人的故事中，如此一來角色便會活過來，隨心所欲動起來。

——對於自己可能受傷了、被損壞了這件事，在一面寫著小說時才漸漸發現。那種實際的感覺，到現在為止是如何變化的呢？現在那受傷的東西還以同樣的形式留下來嗎？或者持續寫小說，把那投射在故事中，村上先生也找到解決方式了嗎？

**村上**　能把所謂故事這洞，挖得越大越深之後，檢驗自己的程度也變得越深。因為已經持續做這件事三十年以上了。只要挖得更深，就能從不同角度看得見事情，也能從不同層面來看。不斷反覆進行。反過來說，如果洞不能挖得更深時，就沒有寫小說的意義了。

就像剛才說過的那樣，剛開始因為以為自己裡面沒有戲劇或故事性，所以選了某些好像有的場所，總之只能在腳底默默地挖下去。在持續挖掘之間，腰腿的力量強壯起來，變得可以拉出更多更長的故事了。那些故事說起來，終究是從自己的根部出來的東西。那些所謂把根部拉出表面的事，有些情況對我自己也是非常難過的。有時，不想看的東西也不得不看。為了能耐得住這種作業，加強文體比什麼都重要。

## 文體是支柱

——您以前說過《人造衛星情人》（一九九九）好像把洗練的文體，最後一起釋放出來似的。村上先生的文體在那之後，像把不純物質不斷排除的水般，讓人喝起來，連這是硬水、這是軟水、這含有礦物質，都沒意識到，連在喝著都不加思索地喝，感覺變成這樣一口就順利嚥下的文體。

**村上**　我從以前就在想，誰也沒談起查理・帕克（Charlie Parker）的演奏技巧。如果提到奧斯卡・彼得森（Oscar Peterson）時，就會談到彼得森的技巧好厲害啊。說到賽隆尼斯・孟克（Thelonious Monk）時，則說那個人沒什麼技巧，但他的創新性和深沉的音樂性，讓人忘記技巧這回事，還是會談到技巧。但是，查理・帕克的技巧問題誰也不會特地去提。你不覺得嗎？

——確實是這樣啊。

**村上**　這很不可思議。為什麼呢？因為他實際上擁有非常不得了的技巧。常常會輕輕地、快速地吹出令人難以相信的複雜樂章。專注聆聽下，就會驚嘆於那技巧如此高明。然而誰也沒把那當話題來談。

　我的理想，就是那樣的文章。不是文章多高明、多優美，這些都無所謂。而且為了表現出更多東西，就要有文體。文體是為了有效支撐文意和訊息的東西。我想那就非得從表面透出來不可。

——感覺起來這個所謂讓人沒意識到文體的文體，在通過喉嚨時、令人渾然不覺的文體，正是村上先生讓這麼多人讀到的一股，形成中的強大力量。

**村上**　寫完BOOK1、BOOK2，當時真的打算就這樣結束的。《發條鳥年代記》的情況，是在1和2出版後一段時間才開始想寫3的，但這次在出版前就已經有想寫的心情了。不過在打算寫而開始思考時卻面臨了各種實際問題。因為本來是沒打算繼續寫的，所以有這種情況也是相當理所當然的。

　如果要寫3的話，可能會成為幾乎不動的故事。這是一開始就知道的。青豆可能受胎了，在那個時間點大概感覺得到，那麼她就不得不繼續留在那個藏身的大樓裡了。天吾是那樣的個性，怎麼動也動得有限。所以，就算情節和1、2以同樣的形式進行，以故事的發展性來說也會明顯下降。這點首先就必須解決，否則無法開始動筆。

　這樣想著時，腦海裡忽然浮現如果以牛河開始談起，會怎麼樣的靈感。美國漫畫中，有人物的頭上忽然浮現電燈泡的畫面，就像那樣的感覺。於是才浮現，啊，這樣的話應該可以進行下去的想法。在寫1、2的時間點，完全沒想到牛河以後會活躍起來。只是自然地把他推出來，然後就那樣結束掉。不過那個卻指出了箭頭喔。「總覺得」有點什麼意義。

　就這樣我確信「可以寫」，但青豆繼續窩在屋子裡，天吾又是個一點都稱不上積極的人，所以無法以像1、2那樣的劇情持續往前推進。我想如果要寫3的話，就只能以文章的力量來帶動才行。以和1、2完全不同的文體，專注焦點鎖定在文章上絞盡腦汁地寫才行。這是一種挑戰。而且這目標出來之後，忽然寫的慾望就湧上來了。我的個性就是這樣。

所以，3是徹底意識著文體。1、2不太意識到。雖然3刻意保持盡量不要妨礙故事進行、讓事情能往前推進的自然文體，不過，我想3要比那更升高一段才能推得出去。所以3對我來說寫得很辛苦，改寫了好幾次。

——老實說，我在採訪前想整個快速地再重讀一次，從1開始重讀了。BOOK1、BOOK2還可以順暢地讀過去。但是BOOK3，雖然是第三次了，卻完全無法快速讀過去。BOOK3某種程度必須花時間慢慢讀，否則無法在自己心中再一次喚醒那個世界所給的東西。我確實感覺到BOOK1、BOOK2的世界和 BOOK3的世界完全不同。

**村上**　長篇小說，如果螺絲鎖太緊，就會喘不過氣來。和短篇小說不同，鬆緊度很難控制。該轉緊的部分要徹底轉緊；該放鬆的部分，也必須在不至於鬆散掉的程度下適當掌控好。那節奏是必要的。轉緊的部分，必須讓人沒感覺到那轉法。而且有好幾種轉緊的類型。這種地方，要花時間慢慢琢磨。

有些沒什麼的部分，其實是認真琢磨過的喔。例如，對了，牛河到千葉縣的小學去對嗎？在那裡有些小螺絲都一一花了不少時間調整過。雖然是不太有什麼意義的地方（笑）。

——那裡出現的老師們，雖然對故事的發展沒有多大影響，不過正因為有那個部分，天吾和青豆十歲時的故事深度才得到印證。那老師們的存在也很重要喔。

**村上**　描寫配角，非常愉快。那是寫小說的很大樂趣之一。像牛河那樣，剛開始只是個小配角，也可以搖身一變從正面出場。

## BOOK3

——我在牛河臨終時，感覺到某種神聖性的東西。不過不知道自己為什麼會有那種感覺。足以和青豆把領導送到那個世界去的場面相抗衡的程度，我覺得牛河臨終的場面，帶有某種神聖性。

**村上**　牛河也是經歷過很多事情，才漸漸改變的。受到很多東西的作用。結果，我想最後讓他有轉生的預感。

BOOK1、BOOK2是沿襲平均律鋼琴曲集的形式，BOOK3則是以三人的聲音進行的故事，這以巴哈來說就像三聲部創意曲般的感覺。為什麼這種寫法會成為可能呢？因為我能以第三人稱書寫了。BOOK1、BOOK2雖然是以第三人稱寫的，不過青豆的視線和天吾的視線，某部分，還拖著第一人稱的影子。但關於牛河，就非以第三人稱寫不可了。由於他的部分能那樣深入，故事才能再膨脹起來。第三人稱的必然性更清楚了，我有這種確實的感覺。

——BOOK3，以貝多芬的第九號來說，我覺得是相當於徐緩的第三樂章般的東西。是慢慢降到深沉的地方去的音樂。安靜而美麗，但為什麼這個樂章非要是第九號不可呢？我無法簡單說明。不過如果沒有這個就到不了第四樂章。我認為是非常重要的部分。

有好幾個印象深刻的場景，牛河最後，想起中央林間的家，想起兩個小女兒，想起狗。那最後走馬燈般的回想，我真的很感動。還有Tamaru說「很抱歉」的台詞也很感人。

**村上**　和Tamaru最後對決的場面，也是故事的關鍵之一。在這裡我很用心地鎖緊螺絲寫的。這裡很難。

——Tamaru和牛河的場面，與青豆和領導對決的場面又是不一樣的形式，對善惡問題和生死問題，感覺起來好像有個看不見的誰，在某個遙遠的地方，一直注視著似的。

老實說，我在讀過《1Q84》後，從書架上把很多河合隼雄先生的書抽出來重新讀過。不知怎麼地對河合先生的書一直掛念在心上。其中有一本《古老傳說與日本人的心》，河合先生在書中想傳達、我過去不太明白的地方，很奇妙地居然領悟了。書中當然也寫到榮格所想的事。我試著讀了一下這部分。例如四位一體說。以基督教的三位一體說不足以說明世界，如果不導入所謂惡這東西做為第四個軸，就無法成立所謂真正的世界觀。

如果要寫3的話，可能會成為幾乎不動的故事。這是一開始就知道的。

「神與惡魔完全分離，在三位一體的絕對善的神，和與那敵對的惡魔的戰爭中，人不管打算多麼順從神仍然是不行的。如果能正視人心理的現實，我們無論如何努力拒絕惡，還是不得不承認有被迫順從惡的可能性。人與其追求絕對的善，不如，恐懼地僵立在善惡的相對化中，擁有能夠對抗那個的堅強毅力。那時，或許就可以體驗到，超越我們意識判斷的四位一體的神力作用拯救了我們。」

某種意義上，《1Q84》最重要的地方就是寫出了這個，也可以這樣讀。我深切地希望河合先生能讀到這本小說，並且請教他的感想。

**村上**　如果河合先生讀了這本書，有什麼樣的意見，我也非常感興趣。只是，是善是惡這件事，就像剛才說過的那樣，每個人在各種情況，對強制而來的外在力量的導向，現在是朝向善的，或朝向惡的，只能憑自己的感覺去判斷。同時那種感覺，和生活的質感必須經常結合才行。那是非常困難而孤獨的作業。
　我想能讓人忍受那孤獨的作業的，說起來還是只有愛，或溝通的深度。而且不是從脖子以上的頭腦的愛，而是滲透進身體骨髓的信賴感般的東西。這些都有必要。天吾和青豆本來也沒有被賦予這些東西。不過青豆強的地方在於，可能是從小就被根植了有神這絕對性觀念。這神雖然讓她受苦、折磨她，但相信絕對的東西這觀念，已經滲入她的骨髓，那最後救了她。

——常常出現祈禱語，就是這個意思嗎？

**村上**　是的。並不是這神是對的或不對的，而是相信絕對的什麼的存在，這樣的觀念從根本上支持著她。另一方面，天吾，卻只有扭曲的父親，和死去的母親幻影而已。那麼，成為天吾的芯的東西是什麼呢？這在1或2或3都沒有寫。說起來，《1Q84》簡單來說其實就是一個因緣的故事。有類似圓朝的《真景累之淵》的地方，我非常喜歡這個故事。

——可以請您大概說明一下嗎？

**村上**　實在很難說明（笑）。因果從父母一直連接傳到兒女，非常可怕的故事。一連好幾代一直繼續下去的因緣。不管多努力，那連線還是斬不斷。

——村上先生翻譯的麥卡爾·吉爾莫（Mikal Gilmore）的《心靈輓歌》（*Shot in the Heart*）的故事也是那樣。《心靈輓歌》也帶給《1Q84》某些影響嗎？

**村上**　我沒想過，不過也許有。那也是令人心驚的恐怖因緣故事喔。天吾的母親是被殺的。不過卻不知道是被誰殺的，為什麼被殺。牛河知道這件事。

——但是天吾卻對牛河說，不想聽他說。天吾的女朋友，比他大十歲的有夫之婦也失蹤了，不知道到底是活著還是死了。

**村上**　那也是謎。她到底發生了什麼事？好像有人說1和2像雲霄飛車那樣出現很多謎，但3卻太過於說明性了。我不知道，到底哪裡是說明性的？還有很多還沒解決的事。Little People是什麼東西？天吾的母親為什麼和被誰殺的？青豆和天吾回去的世界是什麼樣的世界？這些也都不知道。

——總不會覺得就那樣回到「1984」吧。

如果讀者能慢慢花時間重讀BOOK3，我會感到很慶幸。

**村上**　嗯，不會覺得。說1、2像雲霄飛車或許沒錯，但如果3也用相同的方式寫的話，以故事的整體性來說，會失去重量感。BOOK3說起來，是不得不停下來的故事。不管發生了什麼，在這裡腳步都必須確實站定下來，故事要收攏起來，全身的肌肉都要使出力氣來煞住腳。以電影「星際大戰」系列來說就是《帝國大反擊》了。這是需要忍耐的故事。真的很難寫，以結果來說，是到目前為止我所寫的東西中最長的一部作品。我想如果讀者能慢慢花時間重讀BOOK3，我會感到很慶幸。重讀時或許有些地方會有不一樣的印象。當然，3以故事來說，是1和2的繼續，不過我認為以作品來說，卻是「不同的東西」。也是刻意用相當不同的地方來寫的東西。

## 女人和性

——村上先生的作品中，從《挪威的森林》開始，到現在都缺少不了女性的存在，而且故事中女性的性到底是什麼？我想您一直都在往下探掘。不過，女性這存在這樣真正搬到前面來，《1Q84》好像幾乎是第一次。

河合先生在《古老傳說與日本人的心》的〈意志堅強的女性〉那一章中寫了這樣的事情。看了日本古老傳說中出場的女性形象，和歐洲古老傳說中出場的女性形象有哪些不同之處後，他指出在日本古老傳說中出場的女性形象，正表現了日本人的本我。

「不是降服怪物獲得女性的男性英雄，而是經歷了通過考驗的生活方式後，變得更加積極，扮演替沒意識到有潛在珍寶存在的男性、點起意識明燈角色的女性，我想可能才是最適合表現日本人本我的人。不過，這種姿態，就像後面將述說的那樣，也可以思考成是與其在顯示日本人現在的姿態，不如說預測未來模樣的方式，會來得更恰當。」

《1Q84》故事的驅動力，感覺也不是男性，而是女性吧。那又為什麼要把女性這樣推到前面來，寫出「意志堅強的女性」呢？

**村上**　首先是我對女人漸漸瞭解了。從前不瞭解的地方現在瞭解了。例如女人在想什麼，怎麼感覺，我年輕時完全不瞭解，現在回想起來，啊，原來如此，那時候她是那樣感覺的，那時候她要的是這個，到現在才明白，是這樣啊，心想早知道我那樣做就好了。不過想也沒用，已經太遲了（笑）。

要問年輕時不懂的事是什麼？例如女性的性慾。當然某種程度也知道女人是有性慾的。但那是什麼樣的東西？有多強？會怎樣表現出來？年輕男人應該不會知道。並不是因為有過什麼具體事情後才知道的，不過隨著年齡的增長後，那種事情會不知不覺就漸漸知道了。在想像的領域，各種模擬都成為可能。寫小說時，有這種抽屜存在就相當重要了。

——在《1Q84》中，把性這件事的更深底部到底有什麼，也探究得相當深入。像青豆有時會莫名地想做愛，被殺的Ayumi乍看之下覺得以追求男人為樂，那些都超越了單純的做愛場面，把我們看見了也沒留意到，或不想去看的東西，我覺得都非常清楚地寫出來。

**村上**　有所謂阿尼瑪（Anima）和阿尼穆斯（Animus）吧？據說男人的潛意識中有阿尼瑪這女性一面，女人的潛意識中有阿尼穆斯這男性一面。話雖如此，但其實還是不太明白，我在寫著小說時，卻很順利地漸漸能夠理解。自己內在的女性一面之類的東西，心想大概是「這個吧」，深入探究時，就會出現非常有趣的東西。這或許也是我變得能開始生動描寫女人的原因之一。把故事挖掘到很深的地方時，這種東西就會很自然地出來，開始動起來。接近刻意去分割自己的感覺。

從前，出現在我的小說中的女人，除了特別例子之外，很多情況是消失而去的人，或像女巫般具有引導作用的人。在《1Q84》中，深繪里和安達久美的角色「引導」作用就很強，年長的女朋友則是消失而去的人。這種寫法，我覺得好像變得比以前稍微多層次了，這種角色現在還某種程度會出現，若以小說來說，有著相同的機能。不過同時，像青豆這樣的女性卻走到前面來了。她是擁有確實意志、獨立行動的女性。我想可能是在獲得第三人稱這種人稱的寫法後，才辦到的。這種女性形象，我自己寫起來很愉快。也很新鮮。如果女性讀者，對青豆這個角色能有共鳴，我會覺得非常高興。而且畢竟現在，女性容易寫了，寫起來也很有趣。想起十年前的狀況、二十年前的狀況，所處立場的落差，女人比男人要大得多。

——以制度上來說，八〇年代、九〇年代，說起來開始實施男女雇用機會均等法，產生了總合職的用語，是消除男女不平等的過程，但另一方面，女性在得到和男人同樣東西的同時，應該也有某種不得不壓抑的事情。那種女性們自己無法意識到的不安，感覺在《1Q84》中似乎也描寫得很確實。

**村上**　我想確實有這種壓抑。只是，過去將非常多女性的「性」商品化，我覺得也變得沒那麼顯眼了。或者，不是只把女性的「性」突顯出來商品化，而是開始變成比較等價交換了。所以在《1Q84》中，女人的「性」比較容易描寫，反感也沒有預料中多，我想有這種趨勢的轉變。

——《挪威的森林》時，關於「性」的場景有很多意見吧？

**村上**　現在那樣的情況變成很普通了，讀了《挪威的森林》「性」的場景之後已經沒人會驚訝了吧。但當時我被身邊的人強烈譴責。沒想到會有意見的人，讀了竟然很生氣地說：「不要寫不能讓小孩讀的小說。」我現在正在《an・an》上連載隨筆，不過那上面每週都刊登男性的裸體（笑）。我想那有半數是贈品，不過和只有女性的「性」被商品化並廣為散布的世界情況已經改變很多了。

——另外一件不可忽視的事是，Ayumi幼年期所受到的性侵害。那以難以劃分的形式表現在她的現在。這和幼小者容易受到損傷這個主題有相呼應的地方。

**村上**　這就是所謂的家庭暴力（domestic violence），家暴的問題了。我想這從以前就有了。但和「性騷擾」（sexual harassment）一樣，是一種在沒有這種用語的時代，無法適當表現出來、一直被壓抑在陰暗地方的事，我想在得到特定用語之後，才重新露出表面來。

另外還有一個問題，為什麼家暴這東西會這麼頻繁地被提起呢？我想這是一種隱喻、類比。資訊開始可以自由等價交換了，例如我想只要想到網路、部落格、電子郵件等，就容易獲得理解了，但廣泛散布到整個社會的惡意和虐待正在發生中。不知道自己什麼時候會被誰傷害。或自己什麼時候會傷害誰。現在眼前的潮流，什麼時候會如何轉向，或折回，都不知道。在這種模糊不安的空氣中，以一種恐怖和緊張的隱喻，覺得在家庭這限定空間裡，很可能會浮現暴力性。如

## 棒球是弱點

——您不看報紙嗎？

**村上**　我家沒訂報紙。到辦公室時會片片段段看一點，但是不常看。

——您也不看電視嗎？

**村上**　電視嘛，偶爾有必要會看新聞報導。但因為聲音很吵，多半是不看的。再來就是會看棒球轉播。因為棒球是我的弱點。

——那麼，您現在還是支持養樂多燕子隊嗎？

**村上**　嗯，有比賽的話就忍不住看了起來。

——您已經不去球場觀賽了嗎？

**村上**　不，還是會去。因為棒球是我的弱點。

——現在還是一樣喜歡養樂多燕子隊嗎？

**村上**　因為我喜歡神宮球場。喜歡那裡可以仰望天空的氣氛，至於巨蛋球場則沒有一處我喜歡的地方啊。我會到神宮球場的一壘邊為養樂多隊加油。那是我基本的行為模式。因為我一直去看球，所以若有外野高飛球，是不是會變成全壘打，聽聲音大致上就知道了。

——常常一個人去嗎？

**村上**　幾乎都是如此呢。

——球季中您會前往神宮球場好幾次嗎？

**村上**　會去好幾次。因為神宮球場在我家附近，而且任何時候去多半都是空蕩蕩的，所以馬上就能入場。生啤酒也很好喝。

養樂多燕子隊以前還是產經原子隊的時代，我就開始到神宮球場看比賽了。那時候神宮球場比現在還要空蕩蕩呢。仔細想想，我幾乎都只住在神宮球場附近呢。

——您會看其他運動的電視轉播嗎？

**村上**　不太看。不過偶爾看到高爾夫球賽時，比較會盯著看。總覺得打高爾夫球的動作很奇怪。服裝、動作或表情也同樣很妙，結果就被吸引而看了下去。為什麼大家都在做這麼奇怪的事呢？我邊看邊想。例如：瞄準果嶺草皮的眼神等等。

——還有那些果嶺旁觀眾的感覺等等。

**村上**　嗯。不過我自己完全不打高爾夫球，也不太清楚規則，並不是對比賽本身感興趣才看的。還有，電視上偶爾會像突襲般播出沒轉成錄影帶的老電影，我也會看這樣的節目喔。

（張明敏譯）

果隱喻這用語不適當的話，也可以說在社會上難以廣泛見到的模糊暴力，和微小可見的限定暴力正在互相呼應著。

——村上先生的小說已經開始被世界讀者閱讀了，在基督教文化圈的文脈中，對性和暴力的描寫，我想會出現壓抑，或某種道德約束的情況。您的短篇在《紐約客》刊登的時候，過去也曾經被要求修正性和暴力的描寫吧？讀了《1Q84》就能明白，您沒有在意那種道德規範而調整敘述法，對文化規範的差異，您現在怎麼想？

**村上**　我想這十年來，這種差異已經幾乎不存在了。雖然我不清楚回教世界怎麼樣，不過由於網路的普及，性的東西、暴力的東西，似乎已經廣泛地散布到全世界。在發展至壓倒性驚人程度之前，即使不說小說所描寫的性和暴力，反而具有淨化作用，我想至少可以當成是喚起某種對應力的東西。所以關於這一點，我幾乎不擔心。至少以小說單行本的型態我覺得沒有這種壓力。

## 所謂「1Q84」這個世界

——在描寫「性」的場景中還有一個問題想請教，就是在宗教這個框框中的「性」。也許含有降到文化人類學的地位的涵義在內，描寫出某種儀式化的「性」。那或許和，青豆沒有跟天吾發生直接性行為卻懷孕這件事有關。如果不把這種「性」的東西清楚放進去的話，您認為無法描寫宗教嗎？

**村上**　並不是這樣。而是相反。因為，在青豆所潛進去的所謂「1Q84」的世界，是原始性的東西從土壤中滲透出來的世界，一九八四年的東京，是被水泥僵化的，從地下什麼也滲透不出來的世界。不過在青豆走下太平梯所下去的地方，卻是原始性的東西會從地下源源不絕滲出的世界。所以宗教，也不得不變成接近原始性的東西了。

所謂「1Q84」的世界，說起來就是Little People從地下爬出來的世界。Little People是什麼？雖然我自己也無法清楚說明，不過如果能模糊地想成是從原始世界、地下世界來的使者，或許比較容易瞭解。

——我覺得所謂的Little People，打個比方說就是既不是基督教的東西也不是佛教的東西，而是接近那更根本的東西吧。不過要說村上先生在過去的作品中沒有這種東西，也不見得，像《世界末日與冷酷異境》的「黑鬼」……

**村上**　「黑鬼」確實是這樣。還有收錄在《萊辛頓的幽靈》（一九九六）中的「綠色的獸」也是。從地下爬出來的東西。那樣的東西，我在為了創造故事而往下挖掘洞穴時，就會自然出現。

——《1Q84》中出現了戎野這位文化人類學者，出現了詹姆斯·弗雷澤（J. G. Frazer）的《金枝》（*The Golden Bough*）。村上先生故事的幅度逐漸加寬，陸續放進去的東西中，好像也可以讀出文化人類學的傾向。

**村上**　弗雷澤是我過去讀過的，其實已經不太記得了，不過喬瑟夫·坎伯（Joseph Campbell）的《神話的智慧》（*Transformations of Myth through Time*）我倒很常讀。不是對寫小說有沒有幫助的問題，只因為有趣而讀。

我說有趣是指，以我的情況，這種書上所寫的事情，是直接可以接觸而容易理解的，以英語來說是有形（tangible）的素材。在文化人類學上，是把那當成一種象徵、隱喻或類比吧。然而對小說家來說，既不是象徵，不是隱喻，也不是類比。而是實際發生的事情。如果故事中放進那個，就是現實上真的發生了。那不管會帶來什麼樣的結果，所帶來的結果也是現實的東西。確實看清楚那個是小說家的任務。所以，如果只讀了《金枝》的話，就只會停留在那裡而已，不把那丟進洞裡去動起來是不行的。我當小說家覺得最有趣的地方，就是自己能做到這點。把象徵、隱喻、類比，一一丟進洞裡去，變成現實的東西。

——不是原因產生結果，而是反過來，從結果產生原因。

**村上**　嗯。這雖然是非常個人的作業，但藉著這樣而引起某種現象，導致一種結果時，在那裡的某種力矩或影響力，必須是普遍的東西才行。自己隨意書寫隨意想到的東西，並不能成為小說。擁有普遍的影響力，才能成為有意義的作品。要達到這個地步當然不容易。無論多會寫，寫得多有趣，一旦內心無法回應那影響力，那個故事就無法產生機能。這方面某種程度，或許是天生的東西吧。

——您是指可能是鍛鍊也無法學到的東西嗎？

**村上**　當然，我認為有些是鍛鍊也可以學到的事。不過要確立評價那影響力的評價軸卻非常困難。最後往往只能憑感覺來測定。那真的是有芯的影響力嗎？或者只是臨摹表面而已的東西呢？換句話說，故事是活的與否，不是語言能簡單說明的。但，讀者知道。

要問怎麼知道呢？這個人所寫的書，下次出來時，還會想買來讀。如果是這樣的話，那個故事——至少在某方面的意義上——就是活的。這或許是評價的基準之一吧。不過所謂評價並不是建立在「自己掏腰包」的實利性關係上的東西。當然也有非常有良心的評論家，也有非常優秀的評論。但以原則上來說，真正重要的事情，並不是那麼容易化為語言的。是無法說明的，因此，我們才要寫故事。

所以，對我來說讀者能買我的下一本書，是比什麼都重要的依靠。我想讀者能等候我的書出來，繼續買，是自己所寫的故事是活的證明之一。當然這不是一切，不過只要有這證據，無論是紙本書繼續流通，或變成以電子書為主，可能都無所謂。所謂故事這東西，是活了幾千年所得到的長壽而強而有力的形式。不會因為一個硬體就輕易改變的東西。

毛姆寫過：「我從來沒遇到過一個作家，說自己的書賣不好是因為不有趣的關係。」（笑），那也跟硬體無關吧。

我過去也說過，林肯有一句名言：「短時間可以騙所有的人，長時間可以騙少數人，但不可能永遠騙所有的人。」我想這也可以用在書上。我雖然持續寫了三十年，這是相當長的時間。有一段時間曾經被說成「騙婚」（笑），不過不管是否一直被騙，讀者確實增加了，也給我好評。這不只現在在日本，而是在世界擴展中。這對我來說，幾乎是難以置信的事。

## 轉換的作業

——或許村上先生的小說，對我今天的問題並不是沒有這樣的地方，不過大多是以像解謎般的方式被閱讀的。那個名字其實有這樣的意思，那個年號有這樣的意圖、其實隱藏著但有這樣的關聯，「其實」這個說法充斥於村上先生的周圍。我想那也是作品力量的表示，不過您對成為解謎對象而被閱讀這件事怎麼想？

**村上**　如果要解讀我的小說中的謎或問題的話，我想最好的讀法是把那謎或問題，改編成其他謎或問題。由讀者自己分別轉換成各自不同的謎。不過這可能不容易吧。

——您說的我好像可以理解，不過可以請您再多說明一點嗎？

**村上**　這相當難說明。我的意思是，並不是有謎就有解答，有問題就有答案。如果說這是謎，這是答案，這是問題，這是解答，這樣做的話，就不是故事，而變成聲明了。那用三張稿紙就能解決掉。因為不能這樣，所以才要花三年左右的時間，削骨耗神、挖空心思地寫出長篇小說來。因此真正頭腦好的人，是不會寫小說的。因為效率這麼差的事實在做不下去。

小說這東西，本來就是轉換的作業。將內心的印象，轉換成故事的形式。那轉換，有些情況是充滿謎的。有些地方並不是清楚聯繫的。不過如果讀者被那故事觸動，就表示在某個地方確實產生了聯繫。這種「不知道為什麼但產生機能」的黑盒子，就稱為小說性的謎。而且這黑盒子，正是小說的生命線。讀者某種程度不得不把這黑盒子，在不明所以之下，抱進自己體內去。而且必須把那不明所以性，修正為自己的「不明所以性」。我是指如果想認真自律地閱讀的話。

——轉換成對自己來說確切的謎。

**村上**　是的。把其中所產生的問題，轉換成對自己來說比較切身的、確實的問題。在那落差中應該隱藏著解答。不過能做到這點的人，可能很有限。因為是需要相當膽識的作業。因此我大概也會為讀者做轉換。如果這樣還不夠，會再度轉換。換句話說一邊寫小說，一邊顯示轉換、轉換、轉換的落差下去。雖然不是等比數列，但落差與落差之間，還有轉換。箱子裡還有箱子，非常麻煩。

——本來是讀者該自己做的事，村上先生不會丟下不管，會在自己的作品中轉換，換句話說不只提出原型，還會加工成各種形式顯示出來，是嗎？

因此真正頭腦好的人，
是不會寫小說的。
因為效率這麼差的事
實在做不下去。

**村上**　對對。當然也有不是這樣的情況。尤其是短篇小說，謎就以謎的原型丟下不管。只是如果故事拉長，光這樣是不行的，我會在作品中做轉換。就像剛才說過的那樣，在那多次的轉換之間會產生幾個落差，故事就在這落差的累積，和多層次中進行下去。這種說法聽起來或許顯得不負責任或傲慢，但對謎即使尋求解答，我想也沒有用。因為小說的重點不在解答。

——這種一直轉換下去的寫法，是從最初開始就這樣的嗎？

**村上**　我想不是。不知道從什麼時候開始的，不過從《尋羊冒險記》開始，就一點一點出現了吧。例如羊男為什麼突然出現在那裡？沒有說明對嗎？還有在《世界末日與冷酷異境》中，為什麼會有那被牆圍住的地方，那是以什麼原理成立的，並沒有說明。有時候「世界末日」的章節，和「冷酷異境」的章節交替出現，就自然在進行轉換了。雖然不是刻意的，但我想從以前開始就一點一點在這樣做了。

——《１Ｑ８４》可能是到目前為止轉換得最活躍的小說是嗎？

**村上**　尤其是到了ＢＯＯＫ３，以三種聲音來說故事之後，彼此的相關性變得更複雜。每種聲音有互相感應的地方。牛河為了追蹤天吾而前往公園，深繪里跟蹤牛河，跟蹤的是誰？被跟蹤的是誰？有錯綜的場面喔。時間也複雜地前後倒置。在那一帶故事相當複雜。寫著之間，有種正在使用腦內新肌肉似的感覺。

——今天最後想請教的是，青豆和領導對決的場面正在進行時，相反的一邊，天吾和父親則在進行著單行道式的對話。那場面同時進行的緊張感，一直把讀者拉往故事的深處再深處，那樣同時進行的多重性是自然形成的嗎？

**村上**　那個，是時間制的事，自然形成那樣。當然因為是隨章節的順序寫的，所以邊彼此呼應，邊互相影響地進行下去。

　自己也覺得不可思議，這樣一一順著每個章節進行下去時，我自己對故事中的謎，也漸漸看得出那結構來了。有父親和天吾的對話，有青豆和領導的對話，在那對話中更在進行著轉換作業，其中看得出某種風景。不過那絕不是「正確的解答」，只是一種假設。那假設是不是對的，不檢驗別的落差還不知道。不過總之，地平線上露出了暗示這種解決的跡象，但依然僅止於「可能是這樣」的假設之下，彷彿達成了故事布局的任務。我自己並沒有抱著某種解答在寫小說。而是依然把謎當謎地繼續抱著，換句話說，是和讀者站在相同地點寫著故事的。

——青豆和領導、天吾和父親的場景，故事的泡沫從下面不斷湧上來，那泡沫後來是如何爆開或相碰的，故事感覺就像生成的現場本身那樣。我覺得在BOOK2的那個場面似乎衍生出《1Q84》整個故事的核心部分。

**村上**　就像剛才說過的那樣，在寫完BOOK2的時間點，我覺得這已經結束了，因此某種意義上，在1、2中該寫的事情全都齊全了。因此以極端的說法，我覺得可以像艾勒里·昆恩（Ellery Queen）的《荷蘭鞋子的祕密》那樣的作品，在小說裡為讀者提供所有的解謎材料，讓他們解謎的一種「對讀者的挑戰」那樣，讓我以外的其他人讀了BOOK1和BOOK2之後，再繼續寫BOOK3，原則上也沒有影響。BOOK3是「如果是我會這樣寫！」的一個例證。

　當然我是作者，對故事的投入程度，要比一般讀者深得多，因此可能握有別人所沒有的許多素材。無論在有意識，或無意識的方面。不過以原理上來說，讀者也不會輸給我，可以擁有屬於自己的深入讀法。那麼，應該就有一個屬於那個人獨自的世界成立了。就算有人說「我可以把BOOK3寫得更好」也不奇怪。我所寫的BOOK3，是把1、2在我心中所喚起的風景，以我自己的方式深入追求的東西。雖然我認為已經追究到相當深入的地方了。

——讀完BOOK3時，何止是BOOK4，甚至到BOOK5的故事都在我心中生成了。我可以感覺到有這樣的東西在我心中形成，並逐漸長大。

**村上**　可能只要有這些，故事就會發展下去。讀者都是這樣，每個人各有他的風景在腦中生成，我覺得很高興。

　那個故事以後會變怎麼樣，或在那以前發生過什麼，我也很感興趣。只是，現在剛剛寫完，覺得非常累，因此具體的事情什麼都無法想。

——我感覺BOOK4還完結不了。不過，只是對我來說而已。

**村上**　明天再繼續吧。

2.10m

# 【第二天】

## 原始愛的力量

——那麼，今天也不要太急，我想一邊來回談談一邊繼續請教。

首先是昨天請教過的部分，關於愛這回事。《1Q84》這本小說，雖然沒有特別括弧強調，但我想可以把「對於應該稱得上樸素的愛，抱持著某種程度的堅信」這一點，當成故事主題來讀。青豆也在BOOK2中斷言：「我的存在中心是愛。」描寫的不是愛的不可能性，而是愛的可能性，那個動機是從哪裡來的呢？

**村上**　首先，《1Q84》的中心主題，是前往不同的世界。要問和現在身處的世界有什麼不同？最大的差別在於，那裡是更原始的世界。例如，就像昨天也說過的那樣，從地底下爬出來的Little People在黑暗中做著不為人知的活動，把我們所見慣的事物，隨處重新變成更不同的世界。在那裡宗教也更帶有原始宗教的傾向，人與人的溝通變得比較直截了當。或者說，那技巧性變得不再是內部的（精神上）的。變成更接近神話世界的東西。在那裡，人要活下去，還需要學到更原始的膽力才行。是一種既成價值基準不通用的局面。

關於愛也可以說是相同的。那和例如義大利導演米開朗基羅．安東尼奧尼（Michelangelo Antonioni）所描寫的，在精神官能上細部重組的電影《疏離愛情三部曲》那樣的世界截然不同。不是那種麻煩複雜的愛，而是由衷地相信那根源的單純，對於要傷害它的某種東西具備禁得起考驗的肉體力量，必須是一種全身都準備好的愛才行。在這層意義上，誇張來說，《1Q84》或許可以說是我對二十世紀的「現代文學」，例如沙特式思想的對抗議題。

前陣子我看了很久以前就看過、安東尼奧尼導演的《紅色沙漠》，鏡頭不斷持續移動，現在感覺有點吃力。當然也是有很多優點。我在高中時代看遍了許多新浪潮（Nouvelle Vague）的電影，當時感覺非常新鮮刺激，真不可思議（笑）。我過去真的非常喜歡高達（Jean-Luc Godard）的《阿爾發城》（Alphaville），但不久前重新再看時，還是會發現拍得太過於「某某風」的地方，老實說看得很累。心想時代還是會變的。反而是約翰．福特（John Ford）的片子不會過時。

稍微提一下六〇年代的事，我高中時代幾乎被爵士樂、電影和書本所淹沒。只是那時候，所謂品味高的爵士樂迷，多半都喜歡約翰．柯川（John Coltrane）。我當然也認為柯川很厲害，不過覺得在爵士喫茶店一本正經地聽〈崇高的愛〉似乎有點不好意思，所以我會刻意盡量避開，而是一個人聽著古老的史坦．蓋茲（Stan Getz）。

——當時聽史坦．蓋茲的年輕人，是例外中的例外吧？

**村上**　所以被大家討厭（笑）。上了大學之後，我在水道橋一家叫「Swing」（搖擺）的專門放搖擺爵士樂的爵士喫茶店打工，整天都在聽李斯特．楊（Lester Young）、柯曼．霍金斯（Coleman Hawkins）、亞特．泰頓（Art Tatum）、席得尼．貝克特（Sidney Bechet），彷彿時代完全倒流了似的。真愉快。那時候如果不聽柯川和亞契．薛普（Archie Shepp），好像就不是爵士樂迷似的，我則活在跟這不太有關的地方。

——像Albert Ayler、Eric Dolphy之類的……

**村上**　西席爾．泰勒（Cecil Taylor）等。老實說，到底西席爾．泰勒哪裡好呢？是不是過度評價了呢？我現在仍然這樣想。

——邁爾士．戴維斯（Miles Davis）完全不同嗎？

**村上**　完全不同。他的音樂不管做什麼都有洗鍊的地方。

——我覺得邁爾士．戴維斯走過的路線，和村上先生小說的寫法好像有相通的地方。邁爾士也是把自己一直拉到不同世界去的人。

**村上**　我想音樂，有內在性音樂，和回應外部期待的音樂。光是擁有任何一方的話都會令人窒息或變膚淺，發展性也會受限。邁爾士真的是讓這兩個要素非常巧妙且充分具藝術性地兼具的人。同時能具備內省和風格性。所以經常能站在第一線上，每個時代都能大膽更新，勇敢開拓嶄新的天地。以一個創作者來說令人尊敬。當然我也有以他這種生活方式為理想的心情。不是邁爾士，請說邁爾茲（笑）。

——好的（笑）。

**村上**　高中時代我不但聽爵士，還聽古典音樂，現在想起來，的確是個有點狂妄的少年呢。以前神戶的三宮車站前面有一家由高齡夫婦經營的專賣古典音樂、名叫「馬斯達名曲堂」的小唱片行……

——現在不在了嗎？

**村上**　我上高中的時候店主就已經是高齡了，現在應該不在了吧（笑）。我常常在那裡買唱片，在那裡跟老伯聊天。我買了各種唱片，買了羅伯．卡拉夫特（Robert Craft）指揮的「荀白克作品集」三張一套的進口原盤，拚命、屏氣凝神地聽〈月光小丑〉、〈華沙倖存者〉。拚命聽，自然會有很深的感動。

我都像這樣，在狹小的地方，不太有人經過的地方專心地聆聽。那時候周圍並沒有可以深談音樂、暢談文學的朋友，倒有很多打麻將的同伴。不過對這點我並沒有特別感覺寂寞，或怎麼樣。

## 從《靜靜的頓河》開始

**村上**　再多談一點十幾歲時的事，我的文學性教養的基礎，顯然是十九世紀的小說。從十二、三歲開始，到十七歲左右為止，我一直都在閱讀那方面的東西。

《1Q84》，我以前也說過想寫總合小說，以目標來說，最偉大的典範是杜斯妥也夫斯基。當然我也喜歡狄更斯、巴爾札克，但聽到總合小說這語彙時我首先浮現腦海的是《惡靈》或《卡拉馬助夫兄弟們》。那是我的目標點——或許無法達到——不過是朝向那裡前進如北極星般的定點。從寫《發條鳥年代記》前後開始終於定下來了。之前還是位於目標設定範圍外的東西，漸漸才成為目標範圍內的定點。

我從十七歲開始用英語閱讀，從此漸漸接觸次文化的東西，以前一味讀了許多純古典、正面挑戰性的十九世紀小說。因此《惡靈》和《卡拉馬助夫兄弟們》的世界，已經滲進體內了。狄更斯和巴爾札克也同樣感動我，當然我也非常喜歡，但以作家來說和我努力的目標稍微有些不同。

這麼說來，上次我忽然想到，我最早閱讀的長篇小說是蕭洛霍夫的《靜靜的頓河》。那不是十九世紀而是二十世紀前半的小說。我初中時，覺得太有趣而讀了三遍。

——那麼長的小說還讀了三遍！

**村上**　現在可能很少人讀了，不過那本小說非常有趣喔。當時深深烙印在腦子裡，心想，啊，原來長篇小說是這樣的東西。我是從家裡的河出書房出版的「世界文學全集」中讀到的。最初是初中一年級時讀的《紅與黑》，然後是《靜靜的頓河》。對《罪與罰》倒沒有很感動的地方，現在也一樣。

——《卡拉馬助夫兄弟們》和《惡靈》是什麼時候讀的？

**村上**　《卡拉馬助夫兄弟們》是初中時，《惡靈》大概是高中時。《白癡》也是初中時讀的，雖然不錯，不過沒有那麼感動。人物造型有部分沒那麼觸動內心。當然重讀過幾次。

——《靜靜的頓河》現在如果能說明的話，有趣在什麼地方呢？

**村上**　我記得的是，覺得這是好悲哀的故事。心裡一直感覺好痛。俄國發生革命，由於各種情況，人們並不一定有思想上的背景卻進了白軍，也就是反革命軍，被追逐逼迫終於陷入悲劇之中。和《平家物語》一樣，總之是戰敗的故事。人物形象描寫得很好，逼真而不落入教條，氣勢十足非常精采喲。

——村上先生對於《平家物語》和《雨月物語》之類的日本古典文學好像也深受耳濡目染啊。您是從什麼時候開始、怎麼讀的？

**村上**　《雨月物語》是小學時候開始讀改寫成適合兒童閱讀的版本。覺得很有趣，原著是什麼時候讀的呢？因為高中教科書上沒有，所以一定是自己讀的吧。《平家物語》我不太記得了，這種物語文學從以前我就很喜歡。不過像《源氏物語》之類的則不太有興趣，現在也一樣。心理描寫的曲折表現之類的，我不太能接受。

## 說話的語彙和口語的力量

——《平家物語》也以深繪里所背誦的故事出現在《1Q84》中。《平家物語》本身本來就是口傳故事。深繪里帶有「dyslexia」（閱讀障礙）的身體特徵，書寫也有困難，但她想把自己心中所累積的故事以片段性語言傳達出來。另一方面深繪里的父親、「先驅」的領導，就像耶穌基督那樣自己並不想寫什麼留下來。但從和青豆的對決那一幕看來，我想他可以說是一個擁有口傳力量，也可以說擁有魔性語意、說話語彙的有力人物。

村上先生的小說中，我想對話所扮演的角色本來就非常重要，《1Q84》讓我重新思考語意的力量這件事。或許這跟《1Q84》是下降到原始之處的故事有關，您可以談談口語的力量，和書寫文字前的語彙力量嗎？

**村上**　我本來就很喜歡寫對話，完全沒有為了寫這個而痛苦的記憶。敘述文部分我改寫得相當多，但對話部分一旦寫出來後就不太修改了。但我在日常生活中算是沉默的，並不擅長對話，所以很不可思議。要我一星期跟誰都不開口我也絲毫不覺得痛苦。不過並不容許有這樣的奢侈就是了（笑）。

——漱石的小說，到某一段時期為止，對話也有很大的魅力。不過到了遺作《明暗》那段時期，故事過了一半後，與對話相比，感覺起來高密度的描寫性文字更占了很大的比例。我也認為以對話來推動故事的發展，是不是想傳達以自我意識所掌握的片面世界所無法傳達的東西時的方法呢？

**村上**　我想盡量減少角色的描寫，而以「他說什麼，她說什麼」來凸顯角色的心情很強。一開始描寫起來，腳步就會停下來。文章這東西，當然也有不得不刻意停下腳步的時候，除了這種情況之外，都必須不停地往前進才行。像心臟的跳動一樣不眠不休。一旦開始說明，腳步就會停下來，那樣一來故事也會停下來。

例如Tamaru這個角色就是這樣。對他的說明和描寫不太多。但寫出他說了什麼、怎麼說法，他的存在感就被塑造出來了。因此，語彙必須斟酌再三。我想對於非主角的出場人物，這種傾向特別強。因為不能一一停下腳步來描寫。初期的漱石也有這種傾向吧？像《三四郎》裡，出現了許多有點不可思議的角色，跟劇情不太有關，但這些人物的插曲也非常有趣。我很喜歡這樣的地方。

——那個時代能寫出像漱石那種對話文章的作家，在日本應該算是劃時代的新吧？

**村上**　不過我想從江戶時代到明治初期，漱石的周圍應該有很多實際上以那種方式說話的人。算是延續前近代氣息的東西。像落語，就是從江戶時代流傳下來的一種庶民性、藝能性事物。比起《明暗》等，我覺得那種語言要有趣得多了。不過對後期的漱石來說，可能會覺得這種庶民性的、栩栩如生的空氣，像夾雜物般，而他或許想追求更純粹的什麼。不過若以我個人的意見來說，想追求純粹的什麼時，小說往往就會變得無聊了。「心」也一樣。不過這只是從我的偏好來說，我想每個人的評價各有不同。

對話中最重要的，其實就是沒說出的餘音。最想說的事情不可以說出來。就這樣停止下來。對話並不是聲明。就好像傑出的打擊樂家最重要的音不敲出來一樣。

例如：「我說的話你聽見了沒有？」「聽見了。」這樣對話就停止了。而問：「我說的話你聽見了沒有？」答：「又不是聾子。」這才像對話。我記得這是出現在高爾基（Maxim Gorky）的《底層》中的對話。總之不能白白地停下來。這是基本。

——河合隼雄先生被村上先生的小說強烈吸引，當然我想有很多原因，不過我認為他對對話的趣味大概也有相當的感覺。我想河合先生一方面留下了許多著作，另一方面他到最後最珍惜的，是和顧客的對話，聽他們說話，這種一問一答。我一面讀《1Q84》一面這樣想著，他也許在自己的工作之間，也讀著村上先生的小說。

## 隱喻的活用和描寫

**村上**　我從剛才就提到過好幾次，我本來就不太喜歡做分析性描寫或心理描寫。寫起來累，讀起來也累。所以為了迴避這個，盡量把描寫編進對話中。口語性變得非常重要。敘述文字中我盡量用隱喻（metaphor）代替說明，結構性地累積釋義（paraphrase），把許多該描寫的事物轉換成其他內容，或許便是我的小說文體的特徵之一。而其餘部分則盡量放到中立處。重要的是「委託」的感覺。自己不做。委託出去。

如果要從正面解析點什麼，語言無論如何都會變得沉重、僵硬、強烈起來。肩膀用力了起來。如此一來，文章的腳步就會停下來。在對話中，人們不會說太難的事情。不過藉著將簡單的語言巧妙組合，藉著在其中加上分量和節奏感，穿插表情和手勢，困難而複雜的訊息就可以有效地浮現出來了。

**雖然是非常優美的描寫，**
**但對故事來說不太有意義。**
**不過這種部分**
**卻成為有分量的穩重鎮石。**

只是有時候，我是說在某一部分，也會特別刻意要文章停頓下來，徹底加以描寫。不過就算在那個時候，也不能忘記這是一種委託的包裝。雖然裝進滿滿的描寫，但這是不想讀的人也可以不讀的部分。應該寫得讓讀者即使完全跳過去，也能跟得上劇情。

為什麼需要這種包裝部分呢？因為這是一種鎮石。如果故事只有對話或中立文章順暢地流過的話，流速會變得太快。太滑溜。所以有些部分要停下腳步，徹底具體描寫。不過，在這裡所描寫的東西不可以是重要事情。不可以描寫本質性的事情。這是原則。

例如，有人在鐵路的某站到站。在這裡有車站的描寫。有這樣的天花板，這裡有燈，這裡有椅子，有什麼樣的站員，那裡有什麼氣味，寫得相當仔細。這些和故事的本質無關。單純只是車站的描寫。但那車站的描寫，如果感覺在這裡以文章的流勢來說有必要的話，就徹底去描寫。花費心思和時間，專注用心地去構成文章。但那必須是可以跳躍閱讀的地方。雖然可以跳過不讀，但慢慢讀起來卻又很有味道。若是這樣的風格是最理想了。但不能跳過去的地方、重要的地方，如果完全像這樣描寫的話，小說就會致命地停滯下來。

——這種事情村上先生是怎麼學到的？

**村上**　大多是一面寫一面實地學的，不過我後來才留意到，錢德勒就是這樣寫的啊。無關痛癢的地方卻寫得冗長。我在翻譯之前，有時也會覺得麻煩而把一部分跳過不讀。我覺得讀了某人家中客廳的仔細描寫有什麼用（笑）。但在翻譯的時候，一句一句耐心細讀之下，卻會對那細微的描寫深感佩服，心想他是很費心寫的呢。費滋傑羅也有這樣的地方。無關緊要的地方卻詳細描寫。雖然是非常優美的描寫，但對故事來說不太有意義。不過這種部分卻成為有分量的穩重鎮石。

——他們自己也感覺得到，這種部分如果不認真描寫，就會失去小說整體的重量嗎？

**村上**　我想應該會。《大亨小傳》就是一個好例子。我想讀了就會知道，作者對住宅有多麼豪華美麗；宴會中有多麼美味的食物、演奏了什麼樣的音樂，非常用心地細密描寫，卻幾乎沒有描寫蓋茲比的內心。因此故事才營造出懾人的激動氣氛。沒寫的部分開始有意義了。

## BOOK4的可能性

——稍微再回到《1Q84》和愛的話題，河合先生和村上先生對談時，曾說：「所謂浪漫的愛並不會長久持續。如果想讓浪漫的愛長久持續，就不能有性關係。我認為一方面擁有性關係，一方面要讓浪漫的愛永遠持續，是不可能的。」（《村上春樹去見河合隼雄》）

我想《1Q84》也是浪漫的愛情故事。在BOOK3中青豆和天吾終於重逢了。這兩個人性愛的那一幕，和BOOK1及BOOK2中各種形式的性描寫完全不同吧。可以感覺到所謂的愛和性是完全一致的，某種奇蹟式的性般的感覺，真的是非常美的一幕。不過，如果《1Q84》還有後續故事的話，河合先生所說的浪漫的愛和性的關係是相背離的問題可能就會出現了。關於這點您認為怎麼樣？

**村上**　換句話說，這裡日常性就會進來。所謂日常性這東西是持續的，所謂的持續基本上是無聊的，因此無論如何各種東西都會褪色。如果說褪色這用語不好，也可以說會變質。也就是說會進行價值的重組。在這層意義上，浪漫的愛這東西，隨著時間的經過，當然也有重組的必要。

要如何戲劇化下去則是一個很困難的問題。例如，《挪威的森林》中主角和綠如果在一起了，故事會變怎麼樣？因為是寫實的故事所以某種程度必須寫得真實，那可能會成為相當無聊的故事。那樣的故事我不會想寫，我想讀者也會覺得無趣。

不過《1Q84》不是寫實的故事，所以可以考慮到各種可能性。浪漫的愛會變質成什麼樣的東西？會進行重新改組嗎？故事可能在寫實文脈以外的文脈中成立。但會變成怎麼樣？我腦子裡還沒有想法。

很多人問過我《1Q84》有沒有續篇，現階段我也不知道。因為這三年來一直在寫這部小說，現在則處於完全掏空的狀態。真的是完全空空的。我在寫長篇的時候，幾乎每天都不休息地寫。雖然也有極罕見地去旅行個一星期，完全不寫的情況，但除此之外，都早晨四點左右起床面對書桌寫小說，其他任何東西一概不寫。也不寫隨筆。只有為了轉換氣氛，一天做個一小時到兩小時翻譯，採取除此之外的工作什麼都不做的方針。頭腦完全變成「長篇小說腦」。

每天這樣做下來，實在相當累，也耗體力。因為連續這樣將近三年，所以自己內部已經處於掏空狀態了，要再次儲存什麼自然需要花一些時間。下次那什麼積存起來時，自己想要如何寫、要寫什麼，連我自己也完全無法預測。就像冬眠中的熊那樣，只能睡著等時間的來臨。

所以，會不會有《1Q84》的BOOK4或BOOK0，我現在什麼都無法說。現階段能說的，只有，那個的前面有故事，那個的後面也有故事。故事在我腦中雖然模糊但已經受胎了。換句話說不能說完全沒有寫續篇的可能。

具體來說，天吾的母親，是為什麼、被誰、如何殺死的？懷孕的青豆會在新的世界生下孩子嗎？被生下來的孩子是擁有什麼意義的存在？到底青豆為什麼非得進入和1984不同的「1Q84」的世界不可呢？有幾個像這樣應該解明的事情。不是所謂的解謎，而是以如果要繼續寫，故事的進行上必要的步驟。不過這故事真的有進行下去的意義嗎？不到時候我也不知道。或許到那時候已經失去興趣了也不一定。比方像「那個故事已經不想寫了」。那麼，那個故事就會不再寫就結束了。現在則還說不上什麼。

——關於天吾的母親事情發展的始末，牛河是知道的吧？

**村上**　牛河知道。但牛河已經被殺掉了啊。

——只是對我個人而言，死去的牛河今後將會如何的問題，似乎留下了非常大的伏筆，足以和BOOK2的尾聲中青豆變怎麼樣了相匹敵。

**村上**　關於故事，有對我來說某種程度明白的事，另一方面也有我不太明白的事。舉一個例子來說，Little People是什麼樣的東西？他們有什麼目的？正確說來連身為作者的我也不清楚。不過，我清楚地確信有Little People存在，就算還不知道那具體上是什麼樣的東西，卻很瞭解有Little People的世界是什麼樣的地方。也能詳細描寫出來。對作家來說那是最重要的事吧。

## 近過去的故事

——關於歷史性，我有事想再請教您一次。就像《發條鳥年代記》以諾門罕事件為代表那樣，歷史與故事的舞台交錯形成，歷史成為不可缺少的要素。《1Q84》中，天吾的父親也是從滿洲撤退回來的人，Tamaru是在薩哈林（庫頁島）以朝鮮人的孩子的身分被生下來的，深田和戎野則歷經了大學紛爭和公社生活的歷史來到現在等，依然含有歷史性要素。

昨天談到，設定一九八四年這個年代是因為有歐威爾的《1984》，但並沒有太多意義。不過試著回顧村上先生的小說，發現村上先生從剛出道時，就一直確實地設定那是什麼時候的故事。《1973年的彈珠玩具》是這樣；《發條鳥年代記》也設定在一九八四年。感覺年號所擁有的意義不算少。關於《1Q84》歷史上的重要性，我想再多請教一點……。

**村上** 所謂近未來的東西，不知道為什麼大多很無聊。歐威爾的《1984》這本小說，雖然在新聞性意義上很有趣，不過如果純粹以小說來讀的話可能就相當無聊了。至少對我來說很無聊。關於近未來若想描寫些什麼時，很多情況下，故事在結構上往往容易變得平庸。電影也一樣，例如：《銀翼殺手》（Blade Runner）是這樣，《魔鬼終結者》（The Terminator）也是這樣，以作品來說很有趣，但氣氛上大同小異。陰暗、下雨、人們不幸，世界面臨嚴重問題……或許因為這樣，我個人對近未來的東西幾乎不感興趣。我感興趣的，說起來是近過去。

所謂近未來，是未來可能會變成這樣的想像吧。所謂近過去，是現在雖然是這樣，但說不定過去已經變成那樣了，是一種追溯既往的假定，因此帶來現在事實的改造替換。我覺得這個要有趣多了。我從以前就有這種被「近過去」所吸引的傾向。

換句話說，《1Q84》以一句話說是近過去小說，對我來說，也就是在改寫過去。為什麼要這樣做？因為我想試著把我自己活過來的時代的精神性之類的東西，做個不同形式的替換，試著加以檢驗。因為我不是評論家而是小說家，因此只能採取這種替換成虛構事物的方法，才能有效檢驗事情。

從戰爭回來的父親們結婚了，戰後立刻生下我們這個世代。和平的時代好不容易來臨，大家雖然貧窮，但都拚命工作，經過昭和三十年代的經濟高度成長，生活水準逐漸提高，那是個從今以後一切似乎都會改善的時代。那當然是個有趣的時代。充滿蓬勃朝氣，至少不無聊。有新幹線的開通，有東京奧運的開幕，有阿波羅登陸月球。而且六〇年代不管什麼都帶有強烈的理想主義傾向。因為甘迺迪總統的政權產生了，有公民權運動，有反越戰運動，有披頭四、鮑伯．狄倫的音樂，有六八、六九年熾熱的學生運動，有新浪潮電影，有約翰．柯川的爵士樂，有迷幻藥、有嬉皮文化之類的撼動全世界。

重要的是，那時候二十歲代的青少年基本上相信未來這件事。當時的我們認為那時的大人既愚蠢又貪婪，社會意識低，什麼都不思考，才做了許多愚蠢的事情，不過等我們這些理想主義者、擁有先進意志的世代長大成人之後，世界一定會變好。現在想起來是相當脫離現實的事情，但當時的年輕人大概都相信這個。

說什麼「Don't trust over thirty.」，即使被取笑說大家有一天不也都會變成三十歲代嗎？但還是確信我們將會變成完全不同的三十歲代。就算學生運動被壓制下來，還是相信我們成為上班族後，公司本身會改變，很多人把頭髮剪短進了公司。至少我周圍有不少這種人。但如果要問那麼社會因此而改變了嗎？答案卻是絲毫沒有改變。結果只是搭上往右上方成長的曲線，埋頭認真工作，製造出泡沫經濟而已。

就這樣在持續轉換目的之間，理所當然地，什麼理想主義轉眼之間就都瓦解了。泡沫終於破滅，日本或多或少像被奪走船舵的船那樣。我有種我們這個世代是否沒有負起責任的想法，我雖然不太知道所謂世代的責任具體來說是什麼樣的東西，不過還是有這種感覺。

說起來一九八四年，那段時間前後的所謂社會重組或改組已經告一段落，也度過了石油危機，在高度資本主義般的體制下，世界再次處於準備開始重新前進的時代。六〇年代已經遠去，我們的世代已經進入三十歲代的中期，工作和家庭都算安定下來，世界看起來似乎會平安無事地前進下去。然而其實卻存在著暗流。

一九八四年這時代的設定，雖然是從歐威爾的書引用來的，但或許擁有相當的意義。可能我心中本來就有描寫這個時代的必然性般的感覺。寫完後我這樣想。把天吾和青豆設定成比我小五歲左右，是因為這樣很多事情都會比較容易寫。天吾進大學的時候，學生運動已經完全結束。也就是所謂「節慶後」世代。我反而想試著借這個世代的視線，來看看這個時代。我感覺那樣可以去除類似重量的東西，感覺小說的視線就會變成中立的。

——說起來一九八四年是這樣的喔，不是以已經結束的東西來說，而是再一次，潛入一九八四年這個時代，看看是否真的是這樣？沒有不是這樣的可能性嗎？感覺您好像是以故事在檢驗著這種事情。

**村上**　是的。那大體上正是我想做的事。那樣才真是走下太平梯，再一次下到那個時代去，實地踏進那塊土地上。但那並不是實際上以事實存在過的一九八四年。那已經被改寫過了。被Little People，或我自己。而且希望從這兩者之間的差異中讀出某種意義來。

六〇年代風靡一時的嬉皮文化，這種像是政治激進主義的風潮，那時已經結束了。有連合赤軍事件，有各種幻滅，幾乎被消滅了。但並沒有完全被根絕。殘存下來的就改變形式，轉向什麼方向呢？一個是新時代運動（New Age）的方向，一個是重視生態環境的方向。「黎明」和沒被完全消滅的連合赤軍＝政治上的激進派重疊，「先驅」初期的理念則和生態、綠色的意向一致。成為宗教團體以後的「先驅」和新時代運動，通往精神世界。

不過那可能不是結構完全健全的東西。裡頭可能含有難以否定的惡。如果有心向善，相對地惡也會補償性地浮出表面。在這樣的意義上，「黎明」、「先驅」各別發展，在故事中激出洶湧的暗潮。Little People在這裡浮了上來。以故事來說，讓「先驅」分裂，讓領導變成惡魔般的超越性存在，可能是Little People的作用。而把Little People從地下世界引出來的，就是我們自己。

## 關於料理

——您會為了做菜而去買東西嗎？

**村上** 我喜歡買東西。魚店、蔬果店或超市，我都常去。

——您有常光顧的魚店嗎？

**村上** 有的。幾乎都在那裡買魚。在活魚裡挑一條，他們會當場幫我處理好，雖然等的時間稍微長了點。

——您覺得差不多要做晚餐的時間大約是幾點呢？

**村上** 嗯……大概五點左右吧。邊慢慢啜飲著啤酒或紅酒邊做菜。因為廚房的天花板上裝有擴音器，所以有時候會聽歌劇，有時候聽比莉・哈樂黛。邊做菜邊聽歌劇相當不錯喔。

——您做菜需要花很多時間嗎？

**村上** 把蔬菜洗好切好，煮好水燙一燙，做這些事要花一定的時間。因此聽歌劇很合適。歌劇裡，普契尼的作品最適合做菜時聽。比莉・哈樂黛則是早期的歌比較適合。

——男性作家中，應該很少人平時自己做家常料理吧？

**村上** 我只會做給自己吃的家常菜而已，不會做招待客人吃的大菜。並不是特別值得自豪的料理。只是必要時為自己而做菜而已。不過做菜完全不痛苦。

——那麼日常料理的祕訣是什麼呢？

**村上** 首先要確實熬好高湯。然後要正確地把新鮮食材切好。還有遵守調理時間。調味料盡量使用好貨。這樣就行了。只要這麼做，接下來什麼都能辦得到。

——您做菜這麼久以來，有沒有累積食譜呢？

**村上** 要說食譜的話，比方說小松菜的料理法什麼的，再怎麼說還是只有那幾種不是嗎？看是要水煮還是火炒？是要涼拌呢？要不要在上面撒芝麻？就是那類事情。因此食譜之類的我幾乎沒有。只是隨便做做而已。

——您不太做肉類料理是嗎？

**村上** 偶爾也會吃肉，但一個月大概兩次左右吧。魚類的話就吃得多很多了。有時候用煮的；有時用烤的；有時候做生魚片、用醋漬等等。如果今天嫌麻煩，也會一整天都吃蔬菜棒沙拉。

——晚上也是嗎？

**村上** 對。把小黃瓜、西洋芹和紅蘿蔔俐落地切一切，配上美乃滋之類的東西就好了。如果肚子餓，就在餅乾上放片起司來吃。以前不這麼做的話會吃不飽，但隨著年紀越來越大，那樣就夠了。

——晚餐非吃米飯不可，您會這樣嗎？

**村上** 米飯之類的，兩個禮拜不吃都不要緊。因為在國外生活時，已經變得完全不吃米飯也無所謂了。

——即使如此，有美味的生魚片時，您會煮飯嗎？

**村上** 光想到喝白酒或啤酒來搭配生魚片，有時再吃點冷盤豆腐，就覺得肚子飽了，因此很多時候就不煮飯了。一旦習慣活動身體，就會知道今天這樣差不多就夠了。所謂沒有味噌湯和白飯就沒有食慾的說法，我認為這是形式上的執著。我如果知道自己的身體需求只到這裡就好，便會就此打住。

——您喝日本酒嗎？

**村上** 適度喝一點。通常，紅酒的話就喝兩杯左右。因為我很早睡，所以不會喝很多。

——這種程度的話不會醉吧？

**村上** 不會醉的。只是有時候會想要喝更多，那時候會喝加冰威士忌。就一個人喝。

——那是在您想微醺、想讓頭腦放鬆的時候嗎？

**村上** 認真聽音樂或看書的時候，因為心情很好就會多喝一點。可是只有偶爾如此。不過再怎麼喝都不會宿醉。早上起來酒氣就全消了。

（張明敏譯）

那是在那個世界所發生的事。那裡的事當然和我們所知道的事實有出入。不過那出入應該述說了什麼。

## 十歲這年齡和等待偶然

——在《1Q84》中，十歲這年齡具有重要的意義吧？青豆和天吾握手是在十歲的時候。領導性侵深繪里和小翼也是在她們十歲的時候。Ayumi受到哥哥性侵也是十歲的時候。《海邊的卡夫卡》的卡夫卡是設定在十五歲，十歲比那更年輕，可以說是天真無邪的孩童時代的最後，或青春期入口之前，為什麼會設定在這非常微妙的年齡上呢？

**村上**　我想把年齡設定在性的要素進入人身體之前的階段。以女孩子來說是月經開始之前，以男孩子來說是開始遺精前的年齡。這種東西一旦開始，新的要素就進來了。我覺得十歲說起來，是脫離純真無邪的門口般的地方。

——您自己十歲時候的事，還記得什麼嗎？

**村上**　誰都沒有握我的手（笑）。

——我也是（笑）。

還有，我想請教關於青豆和天吾等待偶然的這件事。您在跟河合先生對談時，問到河合先生對來諮詢者所採取的姿態，他說：「並沒有想去治癒他們，只是一直等待偶然來臨而已。」當時村上先生說：「可是說起來等待是很難過的吧。」（前述書）青豆和天吾，一方面意志非常堅強，一方面則繼續等到最後偶然的相遇。在《1Q84》中類似偶然所擁有的力量這樣的東西，您是刻意帶進去的嗎？

因此兩個人，
都不主動採取行動，
只是一直靜待偶然的來臨。

**村上**　對青豆和天吾來說，重逢是很重要的事，我認為沒有比這個更閃耀的狀態，他們一定很希望能發生。非常理所當然的普通重逢是不夠的。感覺起來他們兩個人應該是在戲劇化的、壓倒性的故事性中重逢。只有這樣，自己才能有效地獲得救贖。因此兩個人，都不主動採取行動，只是一直靜待偶然的來臨。他們本能地、默默地相信那偶然的力量。那種心情我也很瞭解。

——《遇見100％的女孩》的情況，少年和少女時代相遇的兩個人一度分離，最後長大成人後擦肩而過時，瞬間閃過一道殘照般。雖然如此但還是就那樣分開了。《1Q84》和那正好相反喔。

**村上**　十歲時的兩個人，互相握緊手的瞬間，深切感覺到戲劇性的宿命。但他們還不知道那意味著什麼。也不知道該怎麼留住那個。完全和性、和未來的事無關，只是在觀念上接受這是單純的、完美的邂逅而已。直到很久以後才發現那有多重要。為了不損壞其中所包含的純粹和完美，兩個人只能等待偶然。其中需要類似所謂同步性般的東西、恩寵般的東西。

和歌劇《魔笛》一樣，兩個人必須分別通過嚴格的考驗，不經歷那個便不被允許重逢，我也有這種想法。這時恩寵才開始發揮力量。因此兩個人不得不潛入《1Q84》這個改組過的世界裡去。

## 和父性的事物的鬥爭

——在《海邊的卡夫卡》中，就已經以殺父的形式，象徵性地開始描寫父親的存在了。然後在《1Q84》中，天吾的父親更真實地現身出場。深繪里的父親也出現了。我想像這樣，《1Q84》中多位父親的出場，對村上先生來說，似乎象徵著又邁進下一個階段了……。

**村上**　父性經常是一個重要主題。與其是現實上的父親，不如說確立一種對於系統、組織般的事物的對抗力量，是擁有重要意義的事情。在耶路撒冷領獎時有關「高牆與雞蛋」的演講，也談到體制問題，同時我也想談談類似父性原理這東西，對於想束縛自己的力量，而且是在理論上想束縛的力量的意義。所謂母性，是稍微屬於情感性的束縛，但所謂父性則是制度性的束縛。自己想擺脫這個，以一個獨立的個體追求自由，對我來說是普遍的主題。

我從以前就不喜歡老師和學校這類體制，也不喜歡被逼著讀書、強迫遵守規則。也不喜歡到公司上班，不喜歡像文壇這樣的組織，不喜歡被自以為是地教訓。回顧自己的人生，我覺得自己對由上而下的強制命令，向來都一直不斷在抗爭。有時是逃避到外面去，但結果還是不得不回來抗爭。

只是，到了這個年齡，抗爭的對象漸漸不見了。如果在我的小說中父性式東西再度出場的話，那可能是我重新開始設定鬥爭目標了。

我被年輕人頂撞，或被說什麼，都不太會生氣。因為這就是我自己向來一直在做的事。被上面說我什麼我就會火大，但下面說我什麼我都無所謂。不過最近我已經不太生氣了。因為比我上面的世代已經幾乎都退休了，文壇和長老，也沒有往年那麼有力了。要鬥爭的話對象只剩下國家，但即便現在還跟國家鬥，也沒有勝算。

我想事先聲明免得誤會，我現實的父親並沒有什麼問題。我自己的人生雖然對父性的事物會反彈，但這是任何人或多或少都會有的反應，如果把那當做具體的意義來解讀，我會覺得很傷腦筋。那是更原理性的事物。不過若說原理性的事

物是從生理性的東西來的，我想或許也對。

——在故事中您覺得自己也開始可以處理父性的東西了嗎？

**村上**　在《1Q84》中所出現的父性的東西，是天吾的父親和深繪里的父親，不過他們絕對不是完全的惡。雖然確實含有邪惡的要素，但其中仍然有某種保留。在那保留中我想應該含有重要的意義。

——說起來天吾的父親，半處於睡眠般的狀態，半像是前往另一處似的，被描寫成對話無法成立的存在。說起來村上先生的小說中有時會出現，沉睡著，或表面看來毫無反應的存在呢。

**村上**　《黑夜之後》中的姊姊也是這樣。

——是啊。為什麼讓那種狀態的父親和天吾見面呢？正因為是那樣的狀態，因此心格外被打動，我一邊讀著也會一邊思考一些事。

**村上**　可能我覺得那個地方，如果不讓天吾做獨白，故事的核心便會浮不上來。在那裡如果天吾的父親說出：「不，那件事啊……」就不成故事了。在這裡天吾只能靠獨白，靠和自己對話，深深下降到自己的內部，否則這個段落無法成立。

——這邊在進行獨白，另一邊青豆和領導則在進行對白。

**村上**　是的。在那之間，天吾的父親在做什麼？正在做著NHK收訊費的收款工作。變成像生靈那樣。

——那個地方好嚇人呢。滑稽和鬼氣逼人交雜在一起。

**村上**　寫小說時，我一直到處搜尋有關NHK收款員的資料，但不知道為什麼幾乎沒有找到。真不可思議。那樣大的組織，一定有很多人在工作的，但那實體幾乎沒有明白顯示出來。應該不至於採取祕密主義吧，但可能有不太想讓實體暴露到外界的力量在作用著。不過越是蒙在這種神祕面紗中，對我來說越帶有神話性。

我擔心NHK的人讀了可能會生氣，不過幸虧沒有。NHK反而比以前更積極地表示要採訪。

## 漱石有趣的地方

——再來談談河合先生的發言，在談到《發條鳥年代記》的夫婦之後，河合先生說：「對日本人來說，所謂的夫婦，我覺得很多地方可能是要理解宗教這東西的入口。」（前述書），這個我還是不太懂。

**村上**　關於這一點，河合先生沒有再多說什麼，我雖然也不太懂，不過關於夫婦的宗教性，我聽了以後想起的，則是夏目漱石小說中的夫婦形象。《門》當然是這樣，不過《彼岸過迄》，還有《行人》、《心》，全都設定為以夫婦為中心。雖然各種類型不同，但聽到夫婦的宗教性，我自然會想起漱石。

讀漱石的小說時，覺得夫妻就像互相對照的對鏡一樣。妻子在丈夫身上看到自己的部分影子，丈夫在妻子身上看到自己的部分影子，對這點彼此有共鳴，也有憎恨。這共鳴和憎恨的相剋，可能就成為漱石戲劇的一種原型了。這和宗教性有什麼樣的關係，雖然是個困難的提問，不過以感覺來說，也不是不瞭解那樣的感覺。或許可以稱為憤怒和赦免之間的振波吧。

如果上的是關西的大學，
我想有很高的機率，
不會寫什麼小說。

就像昨天也說過的那樣，寫《發條鳥年代記》時腦中想到的是《門》的夫婦，因此那樣的地方可能有什麼讓河合先生感受到了。

——對村上先生來說，漱石是不是一個會因為讀的時期不同，而有不同印象的作家？

**村上**　從我上大學到結婚以前，幾乎沒有讀過漱石。連日本小說本身都不太讀，漱石可以說是因為太有名了，所以讓我敬而遠之，除了學校指定要讀的作品之外都沒有讀。結婚後，我太太擁有很可觀的漱石全集，當時我沒錢買新書，沒辦法只好拿起來讀讀看，總之很有趣。谷崎也是這樣讀的。

所以我有系統地讀漱石，是在過了二十歲以後。喜歡的再怎麼說都是《三四郎》、《從此以後》、《門》這三部曲。描寫的東西，《三四郎》是學生時代，《從此以後》是稍微大一點的三十歲前後，《門》則是三十歲代。我非常喜歡這三本。怎麼都無法喜歡的是《心》和《明暗》。

——這我想我可以理解。

**村上**　《礦工》和《虞美人草》，我個人很喜歡。客觀性的作品評價之類的則另當別論。

——《礦工》也出現在《海邊的卡夫卡》中。

**村上**　我喜歡那完全沒有進展的地方。無意間進入礦場去勞動，雖然也碰到相對的困苦，但並沒有從中學到什麼，或感覺到什麼，只是出來而已。並沒有足以稱為主題的東西。不清楚為什麼寫了這篇東西。這種捉摸不定的地方，後現代的氛圍很好。

——像《夢十夜》這樣，把漱石的無意識世界解放地寫出來般的作品您覺得怎麼樣？

**村上**　那好像有可以看透的地方，我不太喜歡。不過我只讀過一次就沒有再讀。

——該說是有點生吧。或該說是作家的緩衝期，昨天的話題中談到，漱石的作品中，也許有不做釋義，就那樣直接呈現出來的感覺。

**村上** 嗯。不過《夢十夜》畢竟是素描。像漱石這樣有實力的人，應該不止於素描階段而已。也許還有什麼其他目的也不一定。

——漱石最初，背負著國家的使命被派到英國去留學，歷經種種煩惱，並分析性地思考文學的意義，試圖構築理論。另一方面在累積寫小說的實際經驗中，最後到達了遠離背負國家使命的地方，換句話說，就是站在跟國家相反的一方，朝向所謂「私」這不知該把近代性自我如何處置的氧氣稀薄的地方。我覺得那有使他自己痛苦的部分。村上先生的作法，是把個體部分以洗鍊的形式表現出來，從這裡出發，看來似乎又把框架框不住的歷史、時代或人們，往胸懷深遠的大主題方向重新改編自己。可能和漱石做著相反的事情。

**村上** 或許確實有這樣的地方。因此，我完全不知道《明暗》的什麼地方好，什麼地方大家那麼感動。如果讓我表示意見的話，這種大家都明白的事情，為什麼非要特地辛辛苦苦地寫成小說不可呢？解剖、解析近代的自我，從正面細密地描寫。以當時的漱石來看，那種作業或許是新鮮的，但現在一般讀者讀起來不知道做何感想？《從此以後》和《三四郎》等，讀起來有令人啞然的地方，我覺得那種地方很有趣，我很喜歡。或出其不意地被打動而感到一陣惆悵。

至於芥川，把像漱石在《明暗》中所做的那種描寫稍微洗鍊地，試著從不同角度切入，這也自有它的趣味。因為這裡帶進了新的小說式觀點。只是他最後腳步也變得相當沉重。如果能活長一點不知道會寫出什麼樣的東西，我對這種地方很感興趣。漱石、芥川、谷崎這個系譜，每一位都耐人尋味。

## 從蘆屋到東京

——谷崎是從東京搬到關西去，寫下《細雪》的。對出生在東京的我來說，《細雪》的世界是理所當然而有趣的。不知道關西的人覺得怎麼樣？

**村上** 我也很愉快地讀了那本書。我母親是大阪船場商家的女兒，而且是只有三個女兒中的長女，這種實際環境和書中角色環境的設定很接近，因此讀得很順。只是我想谷崎本來是東京人，是以觀察異文化的眼光來寫的，因此創作出栩栩如生的情節，而我是從一出生就一直住在那裡了，可能稍微太過微溫了，空氣也太平靜了，不太有誘發大變動的要素。所以，對我來說是個優哉游哉住得很舒服的地方。

十八歲時到東京，進了早稻田大學，如果上的是關西的大學，我想有很高的機率，不會寫什麼小說。當然人生實際上會發生什麼，誰也無法預測，不過關於自己繼續住在關西，而且在寫小說的影像，我腦中完全無法浮現。

我本來不想到東京的。我交往的女朋友進了關西的大學，我也想過去上關西的某大學，不必太拚命、可以悠哉地做自己喜歡的事。那樣的話應該可以平靜安穩地，度過舒服的學生時代。但並沒有那麼順利（笑）。

碰巧去考早稻田，碰巧考上，雖然如此還是不想去，但在註冊截止的前一天傍晚，忽然出現「還是去早稻田吧」的念頭。突然被什麼推動了似的。沒有任何道理。於是第二天，搭上新幹線去註冊。

但到了東京，光是從高田馬場走到早稻田就已經感到茫然了，後悔不該來到這種地方（笑）。現在已經變得相當漂亮了，那時候所謂的高田馬場車站前真的很髒。我的家鄉夙川和蘆屋一帶風景很漂亮對吧？不過後悔也沒用了，從此展開了紛紛擾擾的學生時代。經歷了許多事情，沒畢業先結婚，貸款開店，大學念了七年。最後會開始想寫小說，我想也是因為到東京來的關係。如果還留在關西，或許會過著悠哉而優雅、妥善安排的人生。

現在固然過著早睡早起，絕對不拖延截稿日期，每天運動，這樣相當規律的生活，但學生時代生活卻很亂。經常蹺課，連考試都不去考。剛進大學不久，班上舉行英翻日的英語測驗，我沒準備就稀哩嘩啦地寫出來，結果成績居然全班第一。心想這沒什麼了不起嘛，就越發不用功了，幾乎不太去上課，結果留級，不過那時候的早稻田，幸虧留級也只要補繳當掉學分的學費就行了。

——可以不必繳一年份的學費嗎？

**村上**　對。如果當掉三個學分，就只要繳三個學分的費用。非常好的制度（笑），所以我也可以輕鬆地應付。因為課大多很無聊，所以不去上課也無所謂，不過我想既然進去了不畢業總是不妙，因此一邊開店，一邊去補修學分。

安堂信也老師的法國劇作家拉辛（Jean Racine）的課，我被當掉了，因為出席日數不夠，我去找老師說，因為這樣、這樣、這樣的理由所以沒來上課。我結婚了，又開店。結果老師特地到我國分寺的店來看。然後給了我學分。真是個好老師。因為沒怎麼去上課，所以不太記得就是了（笑）。

——我到蘆屋和夙川去時，感覺那裡的人際關係非常微妙。比較之下東京的人際關係就顯得粗野了。那種地區風俗的差異讓我感到惶恐、緊張又憧憬，不過對春樹兄來說您卻說是微溫的環境並覺得無聊是嗎？

**村上**　是啊。說起來關西的人想說的事情如果有十的話，大概只會說出六．五左右。至於東京人，或周圍的人並不是這樣，所以我剛來的時候嚇了一跳，心想這裡怎麼會這樣呢（笑）。不過不久之後，我開始覺得這樣倒也輕鬆。可以說在這種地方能巧妙地把自己相對化。不知道現在怎麼樣了，那時候的早稻田，尤其是男生都是從鄉下來的，對我來說可以說有一種文化衝擊吧，剛開始還無法抓準對方的意向。感覺之類的差距實在太大了。我在校外認識的人可能反而比

## 關於音樂

——您最近常聽什麼樣的音樂呢？

**村上**　什麼音樂都聽。爵士、古典、搖滾都有。因為我有將近一萬張唱片。雖然沒數過CD張數，但我想應該也有兩、三千張。或許更多吧。我並不熱愛CD，尤其是輕音樂，但就這麼放著，不知不覺中也漸漸增加了。感覺起來就好像是孩子越生越多一樣。甚至已經不太清楚要從何選起、該選什麼來聽。例如，布拉姆斯的〈第一號鋼琴協奏曲〉首先一定會聽的。聆聽著由尤金．奧曼迪（Eugene Ormandy）指揮、魯道夫．塞爾金（Rudolf Serkin）演奏的版本時，心裡會想著：那麼克勞迪奥．阿勞（Claudio Arrau）會怎麼彈奏呢？於是又接著聽阿勞演奏的版本。接著心裡又會想：魯賓斯坦（Arthur Rubinstein）不知道會怎麼詮釋？這麼説起來，賽爾金對同一首曲子也有不同的演奏版本。

——一直聽同樣的曲子。

**村上**　也有這樣的事喔。喝著酒的時候，會非常專心聆聽。

——您聽最近的搖滾樂嗎？

**村上**　我常聽另類搖滾喔。喜歡的有R.E.M.、Radiohead、Beck（Beck Hansen）這類歌手。最近喜歡的是Derek Trucks Band，是由歐曼兄弟樂團現任首席吉他手Derek Trucks組成的樂團。相對於英國團體，我比較偏愛美國搖滾。有時在車上聽，有時用iPod聽。

——您一直在聽R.E.M.的作品嗎？

**村上**　自從他們在非主流樂界出道以來一直都在聽。他們和我開始寫小説是同一時期，在喬治亞州雅典市以學生樂團出道的。因此活躍期間幾乎和我重疊。

——晚上，即使聽音樂，您還是九點左右就就寢嗎？

**村上**　九點一到就會先入睡了。不過有時會有聽得太入迷，一回神已經半夜了的情況。

——您專心聆聽的應該還是LP吧？

**村上**　大致上都是LP。邊工作邊聽音樂，例如，一面翻譯一面聽音樂時，CD很方便，但專心聽音樂時還是聽LP居多。

——聲音完全不同嗎？

**村上**　同樣內容的東西，用大型擴音器播出比比看，有很明顯的差異。類比的聲音遠比CD有人味。又溫暖又深奧。當然，做菜時聽的是CD。一方面因為不是那麼認真在聽，而且如果聽LP，會惦記著什麼時候播放結束。卡式錄音帶現在聽起來也相當不錯喔。有它特有的味道。

跑步的時候聽iPod。從爵士、搖滾到古典交雜著聽，邊聽邊跑步。巴哈〈無伴奏大提琴組曲〉的吉格舞曲後，有時接著是Radiohead的歌。剛開始我很介意，最近覺得這樣也還好，便毫無章法地邊聽邊跑。有時Lady Gaga之後接著是The Peanuts。那可真不得了。（笑）

——因為是一股腦地下載到iPod裡的關係嗎？

**村上**　已經到了不知道什麼是什麼的程度。因為小小的iPod很便宜，所以買了好幾台，拿到什麼就塞進來聽。

（張明敏譯）

較多。不過我多半都是一個人。還是養貓、讀書、聽賽隆尼斯・孟克。

我想可能是因為到東京來，才能寫小說的另外一個理由，是語言問題。我生在關西長在關西，因此在上大學以前當然毫無保留地說關西腔。我變成能說兩種腔調，現在一回到那邊，遇到認識的人立刻會轉回本地腔調，但在東京卻完全用東京的語言說話。結果，就成為第二種語言了。我這種切換很快。用第二種語言過日子之間，頭腦自然多層化了。關西腔和東京語忽而在上忽而在下，自然就會開始意識到語言性這回事了。

到二十九歲之前，我想就這樣一輩子，當個讀書人或以興趣生活的人就好了，經營爵士音樂咖啡廳，一面聽音樂一面工作，空閒時間就讀書，養幾隻貓，自己能愜意地過日子就行了。錢也不必太多，夠吃就行，在東京的一個角落隱姓埋名地悠哉度日吧。當時完全沒有想到，自己或許能做什麼創意性的事情。因為覺得自己並沒有那樣的才華。

就那樣生活了七、八年之間，忽然想到自己雖然不是康拉德或納布可夫，但或許可以用第二語言寫小說。如果沒有到東京來，就那樣留在關西一直使用關西腔生活的話，頭腦裡也還是用關西腔想事情，那樣的話對我來說可能就無法好好地寫小說了。換句話說如果沒有多種語言做思考上的分割的話。

——這個很有意思啊。

**村上**　而且最初寫《聽風的歌》時，開頭的幾頁是用英文寫的。我從高中時代開始就一直在讀英文書，開始工作以後也維持讀英文書的習慣，某種程度已經養成轉換別種語言思考事情的癖性了。從關西腔到東京話，從東京話到英語，走過三個階段，我想可能因為有這多重化的語言環境，才能寫出屬於自己的文章。如果我寫的文章中，有和別人不同的地方，或許這方面也有關係。

——我忽然想起來，您以前說過想用關西腔翻譯沙林傑的《法蘭妮與卓依》（*Franny and Zooey*）喔？

**村上**　嗯，我覺得卓依的說話腔調跟關西腔很吻合。不過，那只是開玩笑說的（笑）。

——喔，是這樣嗎（笑）？

## 沒有心理描寫的小說

**村上**　總之寫小說這件事本身，我本來覺得很不好意思，要問什麼地方最不好意思嗎？就是心理描寫之類的地方。當時日本所謂的「純文學」，主要是寫實文體，和心理描寫。非常非常單純地說，就是把麻煩的事情麻煩地寫出來。大家有純文學就是這種東西的共識。這種東西我讀起來覺得很沒趣，更不會想自己去寫。

不過大學時代讀了布羅提根（Richard Brautigan）、馮內果（Kurt Vonnegut Jr.），才大開眼界，發現原來不必做心理描寫也能寫出像樣的小說。不必那麼麻煩。那時就在這樣的意義之下，布羅提根和馮內果，對我來說是相當重要的存在。不過，那麼他們的小說世界可以轉換成日語嗎？那並不是簡單的事。因為文化性土壤完全不同。一直迴避純文學式的文章系統，很難找到用日語寫出像樣小說的方法。所以過去只覺得寫小說很不好意思。

我覺得自己沒辦法寫像《明暗》這種小說的心情，是和無法得心應手地寫日本文學的心情相通的。並不是不給《明暗》這部作品好評，只是對我來說不太有存在的必然性而已。同樣地（笑）。我對川端、三島就更不行了，想讀都讀不太進去。

——三島由紀夫是刻意創作故事的作家，不過從中似乎可以看透強烈的自我，或反過來說空洞的自我，兩邊好像可以透明地看穿似的。

**村上**　因為也有時代性這東西，現在說什麼來批判可能並不合適，不過那樣高度的自我，我並不感興趣。

——三島的自我和村上的自我，是怎麼不同的？我想再請教一下。

**村上**　三島的作品我幾乎沒有讀，所以並不清楚正確是怎麼樣，不過我想最大的差別，可能是我並不認為自己是藝術家。雖然是創作者，是在創作意義上的創作家，但我認為不是藝術家。至於藝術家和創作家有什麼不同？藝術家是認為自己活在這個地面上本身就是有意義的人。我不覺得自己是這種人。

平常吃飯、搭地下鐵、去逛中古唱片行，過著這種普通生活時，村上春樹這個人並不是什麼特別的人。只是個到處都有的人。但只有在面對書桌寫東西時，我才會變成一個能踏進特殊場所的人。那可能是所有的人或多或少都具備的能力，不過我想我碰巧擁有能追究得更深的能力。生活在地面上時雖然很普通，但往地下挖掘下去的能力，和在那裡能發現什麼，能迅速掌握並轉換成文章的能力，或許比普通人多一點。是一個特殊技術者。

我沒有見過三島由紀夫和川端康成，所以不太清楚，但我推測他們可能認為自己是擁有別人所沒有的藝術感性的特別的人。就像是藝術性的法式貴族風格那樣。我認為這點跟我不同。我對地面上的自我幾乎不感興趣，也不想刻意去描寫。

——關於三島由紀夫和川端康成的文體，您分別覺得怎麼樣？

**村上**　兩者的文體我都不太能喜歡。也沒興趣當工具。戰後文學中我最喜歡的文體，是安岡章太郎的。我覺得他真的很棒。

——安岡先生的文體可以說融通無礙吧，有時像非常深思，有時又似乎非常豪放，有時觀察入微，各種各樣喔。感覺好像不固定在一種文體上似的。

**村上**　安岡先生文體的趣味，是從強所產生的白由。初期的東西尤其是這樣。不是想把什麼固定下來的一貫性東西，在到處亂竄的文體中，有溫柔的東西。非常自然，我很喜歡。不過所謂「從強所產生的自由」，作家能確保到什麼時候？是一個問題。

我也喜歡小島信夫的文體，不過他很有怪癖。看起來凹凸不平不太靈巧，但我覺得非常高明。有「大智若愚」鼻祖般的地方。第三新人中被認為最不高明的，雖然和世間的評論相反，但我想是吉行淳之介。他那不太高明的地方，我個人很欣賞。

讀吉行先生的文章，有看得透這裡可能是以這樣的東西為目標寫的地方。雖然我覺得文體這東西必須更融通無礙地進行才行，不過吉行先生的文體經常都有冷冷的、不太動的地方。情緒和文體之間有溫度差，那溫度差有時順利作用，有時則不順利。順利的時候非常美好。吉行先生的相反一方就是小島信夫。小島信夫寫的文章，是寫自己無意識下事物的文體。沒有計算的東西最後源源不絕地出來。試著以小島、安岡、吉行這樣的順序排列出來時，漸層的變化非常有趣。

## 自由的個體

——第三新人作家們的作品中，大多沒有父親存在。或者就算存在，不是軟弱的父親，就是被背叛的父親。已經不扮演做某種判斷、提示絕對價值般的角色了。

**村上**　安岡先生的小說中常常出現沒出息的父親喔。從前是軍人曾經威風凜凜、氣勢十足，但戰爭結束後就變得毫無用處的父親。吉行先生的小說中則不太出現。小島先生的情況，自己是父親的故事設定雖然很多，但父親的角色卻沒有出場。

——小島先生小說中的父親，像《抱擁家族》也是這樣，既是父親也是丈夫的自己，遭到扯後腿。

**村上**　這是戰爭結束五、六年左右的事情，因此我想大家都會對父性社會被顛覆的情況視若無睹。那是個思考要在其中設定何種價值觀的時期。

安岡先生無法適當設定，煩惱得不知所措；小島先生的情況是想自己當父親建立新家庭，卻陸續發生許多莫名其妙的事情，在一團混亂中大家離開，自己被留下來；吉行先生的情況是自己一個人已經自顧不暇了，顧不得父親，故事就在沒有父性出場之處展開。

他們並沒有像夏目漱石筆下那種認真夫婦的追究。感覺起來好像忽然被丟在荒野中、森林裡的個人。家的形式也不清楚。那種自由我很喜歡，所以才會被他們吸引。

我從《聽風的歌》到《舞．舞．舞》那段時間，小說中所寫的，都是三十歲前後的單身男人。《挪威的森林》則有點不同，是都市生活者，以沒有家人的浮萍般的男人為主角，他被捲進故事中，在那裡如何看事情，發生了什麼事情時如何處理等，記述這樣的事情。細膩地維持這樣的洞察力，對我來說是很重要的。我也靠這個來持續檢驗自己。

我想自由，想個人自主的想法始終很強，在故事中主角也是個人，也是自由的，沒有被束縛，這點比什麼都重要。相對的卻沒有社會性保障。如果在大公司上班，擁有家庭的話，等於有一種安全保障在發揮作用。那時候我所描寫的主角，幾乎都沒有這些裝置在作用。這是很大的重點。當時的日本比現在，對這種安全保障的信賴更強烈。

我二十幾歲的時候，在某報紙上看過一個問卷調查：排出自由、友愛、和平等各種詞彙，問你認為什麼最重要？我想如果是我的話會選自由。不過，詢問幾千個人得出的結果，答「自由」的，我記得只排第七或第八名。排第一名的是什麼，我記不太清楚了，我想是「和平」或「友愛」，之類的。原來如此，日本人是這樣的國民啊，我記得當時印象非常深刻。

還有高中時代，我擔任學校報紙的編輯。做了要不要廢除制服的是非題問卷調查。我腦中想，當然是廢除比較好，但壓倒性多數的學生竟然說有制服比較好。這也讓我愕然。

因為年輕時候有過這兩次經驗，因此覺悟到日本人並不特別追求自由。在這樣的國家裡，想要自由，想要個人獨立是很難的，我想我自己確實在小說中企圖描寫這點。這是對我來說三十歲代的一個主題。總之要從日本社會的強制性制度中脫離，要從日本文學的強制性制度中脫離。那當然也是要表裡一體的。

最初的十年之間，支持我的小說的，我想大概也是追求這種東西的人。所以用第一人稱，主角設定成這樣的人物是很重要的。因為，第一人稱的文體，可以活生生地、有效地掌握住那種個人性觀點的移動。這方面我想如果能在腦子裡浮現沙林傑或錢德勒的作品的話，就可以理解了。

我一直寫著這種處境的小說，到了《發條鳥年代記》才開始改變。《發條鳥年代記》把主角設定為結了婚，正在尋找失蹤妻子的男人。他辭掉工作一個人做著類似家庭主夫的事情，在這樣的意義上，雖然社會性安全保障被解除了，但已婚的設定則是第一次。

——在這裡出現的，是不得不意識到所謂他者的妻子。夫妻，彼此喜歡或討厭是另一回事，並不是以難以分開的生理上的一個單位來描寫的，而是以分別是獨立個體、以並不是經常可以理解的他者來描寫，以這為常態的描寫感覺相當新鮮。

消火用ポンプ室
EXTINGUISHER
SHED

**村上**　只是，《發條鳥年代記》中幾乎沒有太太實際上出現的場景喔。

——只有一開始。

**村上**　我想我還不太能寫好所謂的本來的夫妻生活或家庭生活。所以我打算只在所謂的觀念上，採取有妻子、有家庭的情況。不過總之他為了找出失蹤的妻子，讓自己的家庭重新回到正當軌道而展開行動。情節就從這裡展開。

## 時間考驗一切

——那麼，《1Q84》去年的BOOK1、2，加上今年春天BOOK3，創下驚人的暢銷紀錄。為什麼有這麼多人讀，很多人說是因為徹底採取祕密主義的戰略成功了。或許也不是完全沒有，不過光以戰略來解釋未免太武斷，我認為這並不足以說明。村上先生的小說過去是為什麼被閱讀的，追究下去時，所謂的二〇一〇年這個世界的成立，或這時候人們會遭遇什麼，或在看不見的地方在進行著什麼，我想在思考這些時也能成為很大的啟示……村上先生，您認為您的作品不只在日本、在全世界也廣泛被閱讀的原因是什麼？

**村上**　在國外，有人說書中有除了村上沒有人會寫的世界，或作品的原創性值得肯定。很多這樣的評價。能被這樣說我比什麼都高興。不過在日本，無論是褒是貶，對我的作品的原創性，就我所知幾乎沒提到。

——就算有這樣想，對所謂的原創性，可能不會想以言語評價這一部分。不知道為什麼。

**村上**　我身為作家，其實最引以自豪的就是這件事。獨創性，寫的是任何人都無法寫的東西。就算剛開始寫時，有受到某人影響的地方，但後來一直都在開拓自己獨特的方向性，從某處開始，已經覺得我前面沒有任何人了。就這樣，在什麼也沒有的地方自己一點一點地繼續開路，孜孜不倦地挖掘洞穴，三十年來持續到現在。不是我自誇，而是真實的感受。雖然有人對我寫的東西給予好評，也有人不以為然，那都是另一回事，但我感覺到我一直持續寫著只有我才能寫的東西。這件事是千真萬確的。結果，我最近開始想，在日本獨創性或許並不是多重要的事。

——也許是受到不歡迎太突出、與眾不同的文化所影響。

**村上**　所以，在這樣的本質性要素以外的地方，能找出書暢銷理由的人，我認為好像多半是特別和媒體相關的人。在這種地方勉強套個名堂。像為了銷售戰略云云的陰謀論，可能也是其中之一。

關於這一點，先把話題回溯到《海邊的卡夫卡》。《海邊的卡夫卡》是我跟負責的編輯商量，在書出版的兩個月前，先製作出寫書評用的試讀本，送給報紙、雜誌和書店的相關人員。因為我想如此一來，書出版後立刻就有書評刊出。美國在書出版的同時，報紙上就刊出書評是理所當然的，但在日本再早也要一個月，通常是一個半月後。書出版時沒有書評出來，無法幫助讀者判斷是否要買書，那麼書評就沒意義了。所以對這點想做一點什麼。

因此，在書開賣日的兩個月前先製作試讀本發給媒體，不知道會怎麼樣，結果報紙上的書評還是在書開賣的一個月或一個半月後才出來（笑）。報社是否認為只有一本書立刻刊出書評有欠公平，我並不確定是否是那理由，不過總之還是變成一視同仁。結果，也知道了先製作試讀本並沒有任何意義。所以《1Q84》時，就沒有特別做什麼，只是簡單地就那樣瞬間直接出書。也沒有祕密主義，只是跟其他書一樣普通地出來而已。

BOOK1、2時，偏遠地方的很多書店到了某個時間點，都還沒鋪到書，出版社收到很多抱怨的訊息。負責業務的人好像非常辛苦，幾乎沒時間睡覺，也有人因此弄壞身體。後來我們特地召集這類現場人員，在某處辦了小型慰勞晚會，聽大家說起來，那簡直像修羅場一般（笑）。雖然不是因為我，不過想到大家的辛苦時，我真的深深感謝。我雖然不辨什麼出版紀念會之類的，不過我很喜歡像這樣聽現場人員的話。

因此BOOK3時出版社為了避免這種困擾，好像以公平為第一考量。全國統一發售日期，新宿的紀伊國屋書店總店也和地方小書店一樣，大家都在同一天把書排出店頭。在那之前沒有任何地方可以先開賣，先進貨的都心大型書店好像也藏起存書來保管著。不過這是出版社方面考慮到書店的方便而決定的事。

——並不是村上先生希望這樣做的喔？

**村上**　完全不是。跟我無關。我那時候一直不在日本。事前不透露內容，也不是我決定的事，不過試想起來那種事本來就沒有事前發表的必要，所以把那說成戰略什麼的，也讓我不以為然。如果只因為這樣，書就能賣得好的話，大家早就這樣做了。

——村上先生自己認為，為什麼會賣得這麼好？

**村上**　《1Q84》的情況，因為以大部頭長篇小說來說，是自從《海邊的卡夫卡》以來的東西，從那以來已經隔了相當長的時間，加上有去年耶路撒冷領獎的事，我想正處於燃點稍微下降的狀況。適時點起火柴的話，火很容易就燒起來。

不過最重要的，可能是信賴關係。我一直在花時間仔細地、不偷懶地工作，這件事過去買過我的書來閱讀的人大概都可以感覺到，其中就存在著這種長年累積下來的信用。只要買我的書，大概不會太離譜，書中可能又寫了什麼新東西。有抱持著這種期待的固定族群。這些人會等我的書。只要書一出來立刻就會去書店。真的非常感激。

《挪威的森林》暢銷的時候，因為覺得不是自己真正想走的路線，所以出乎意料之外的暢銷，帶給我相當大的壓力，但《1Q84》是我想寫的真正本流，而且自己對內容也特別有感覺，所以兩星期賣出一百萬本我想確實是特殊的例子，不過再過十年、二十年回頭看時，這種只不過是一時現象的事應該已經被遺忘了。留下的不是當時賣了多少，而可能只有書出版的這個事實而已。

對小說來說，最重要的，是透過時間的檢驗。接受時間的嚴格洗禮。十五年前出版的《發條鳥年代記》現在是怎麼留下來的？我想同樣的事《1Q84》也會發生。也就是說，《發條鳥年代記》的1、2先出版，然後才出3，到現在已經不成問題了，新讀者會把1、2、3當成一本書很自然地讀著。進一步來說，當時1、2受到多麼嚴酷的批評，現在幾乎沒有誰記得了。只要書還在那裡，有人願意高興地讀我的故事就好了。所以老實說，現在人家怎麼批評，我幾乎都不在乎了。只是聽過去而已。

——以作家來說，可以說比《挪威的森林》的時候，變堅強了嗎？

**村上**　是啊。持續寫了三十年，三十年前的書現在還有新的讀者會拿起來，繼續讀著。這件事對我來說，是最大的精神支持。除此之外的事對我幾乎沒有意義。領任何獎賞、勳章，都是人為的東西。只是上面給的，並不是自然的東西。讀者會期待，這種確實的感覺，對作家來說，才是最重要的事。

就像昨天也說過的那樣，林肯說過：「短時間可以騙所有的人，長時間可以騙少數人，但不可能永遠騙所有的人。」我想這真的是真理。

## 十歲成為讀書少年

——話題改變一下，如果可能我有事想請教您。

在《海邊的卡夫卡》和《1Q84》中，童年時代在故事中扮演了很重要的角色。我感覺到小孩，已經成為新的主題之一了。在這裡不知道村上先生自己的童年是什麼樣的情況，可以稍微談一下嗎？例如，幼稚園的時候是什麼樣的小孩？

**村上**　太久以前的事不太記得了，不過我想大概是內向的孩子。因為我是獨生子，所以很受寵，從被保護的家裡，忽然被放出到莫名其妙的世界去，大概不太能適應吧。有兄弟姊妹和沒有兄弟姊妹的孩子，對社會的適應能力，說起來真的完全不同。那個時代獨生子說起來真的是例外。

——是不是很愛哭？

**村上**　不曉得，不太記得了。或許哭過。不問父母還不知道呢。

——也沒有喜歡的繪本？

**村上**　我不記得繪本的事了，不過倒是讀了很多漫畫。《原子鐵金剛》、《鐵人28號》之類的。我記得不讀書被父母親嘀嘀咕咕地唸過。所謂的童話名著我完全沒讀。不過從小學三、四年級左右起，忽然開始喜歡讀書。光是父母買的書還不夠，我常常會騎腳踏車到西宮的圖書館去讀。

——聽說您想讀的書全部可以在附近的書店用簽帳買是嗎？

**村上**　那是稍微大一點的時候，進了初中以後開始的。

——本來家裡就有很多書也有很大的關係嗎？

**村上**　嗯。不過，能讀父母的書也是進了初中以後的事，所以我想在那以前也很勤快地讀了少年讀物或改寫成給兒童讀的名著。

——《雨月物語》也是在那時候讀的嗎？

**村上**　是的。我非常喜歡物語、故事之類的。像儒勒・凡爾納（Jules Verne）的《地心歷險記》、《海底兩萬里》，福爾摩斯探案，還有亞森・羅蘋，這類的故事。然後還有像《三劍客》、《基督山恩仇記》、《悲慘世界》等壓倒性有趣的故事。

——這些東西，也是從十歲左右，三、四年級以後一口氣開始讀的嗎？沒有跟朋友到野外去玩棒球玩到天黑嗎……？

**村上**　棒球我也玩過喔。常常玩，不過並不高明。我家在海邊，小時候蘆屋和夙川一帶海灘還沒有被填起來，所以一到夏天每天都去游泳。我家後面的六甲山，我也常跟朋友去爬，甲子園棒球場騎腳踏車一下就到，因此高中全國棒球賽期間幾乎每天去看。王貞治以早稻田實業學校的王牌選手優勝的那年春天，我還記得很清楚。總之我忙著玩呢。

要問沒做什麼，只有沒用功讀書。父母經常抱怨我的成績不夠好，不過我說我要去玩，他們還是照樣讓我去。童年大概很悠閒吧。從來沒去補習過。

——小學時的成績，不太好嗎？

**村上**　不太好。

不喜歡做功課。
覺得不太有意義。
因為很無聊啊。

——我以為您是好學生。

**村上**　完全沒這回事。我不喜歡做功課。覺得不太有意義。因為很無聊啊。比方說看到東大教授柴田元幸先生時，就會想，這個人從以前不用讀書成績就很好，做什麼都第一名吧，幾乎不必讀書，就輕易地進了東京大學。看起來就知道他是這種人。其實說不定不是這樣（笑）。總之我完全不是這種人。只對自己喜歡的事會拚命去做，做功課卻很不起勁。從初中到高中一直都這樣。對做功課沒興趣。

——幾乎沒有成績好的時期嗎？

**村上**　沒有。如果有四十個學生的話，總成績大概在十名前後。經常都差不多這樣。我覺得並不特別差啊，不過父母親好像不太滿意。反正父母親都這樣。

沒辦法啊。國語和社會這類，自己喜歡的科目，上課會注意聽，即使不做功課但還是有某種程度，但不擅長的科目就完全不行。不想做的事就不做，這是我一貫的態度。

我現在在做翻譯，但英語成績在高中畢業以前也一直不好喔。因為英語考試題目都出得很無聊。我高中時代自己不是已經讀了很多英文書嗎？但一到考試，英文書都不太讀得通的同學卻考得比我好多了（笑）。考試會出的例句真的都是很無聊的文章。我那時候就想，教育制度錯了。

——起初為什麼會開始讀英文書？

**村上**　大概是想做跟別人不一樣的事吧（笑）。

——您讀過企鵝出版社的英文平裝本嗎？

**村上**　有。各種英文平裝本。神戶的三宮車站附近的中央街鬧區有幾家舊書店，英文平裝本都丟在箱子裡，一本十圓、二十圓地賣。感覺起來好像是因為很便宜嘛，只好買來讀。讀的冊數漸漸累積多了，自然就能流暢地閱讀了。

## 蘆屋時期

——寫文章，說起來最初的經驗還是從國語課的作文開始嗎？

**村上**　我寫作業時，把暑假旅行的事寫在作文上。結果被老師誇獎，我心想，討厭，這根本不算什麼文章嘛。作文得過各種獎，老師跟父母都說寫得很好，但自己從來不覺得好。

——為什麼呢？

**村上**　大概從小標準就很高吧。所以我並不喜歡寫文章。寫出差勁的文章會覺得很痛苦啊（笑）。開始變得喜歡寫文章，是在當上小說家不久以後。因為漸漸進步了。

——音樂是什麼時候開始聽的？

**村上**　從進初中開始。剛開始喜歡Elvis Presley、Ricky Nelson，不久又喜歡Beach Boys這一類。也就是熱門音樂。買了不少單曲唱片。以前喜歡熱門音樂。

——那麼，感覺零用錢都花在買書和唱片上吧？

**村上**　那時候書已經用簽帳就可以買了，所以都花在唱片上。

——那種單曲唱片，現在還留在什麼地方嗎？

**村上**　好像已經送給別人了。好可惜，有好多喔。

——六〇年代中期過後，我小學的時候，到附近大學生的房間去玩時，有麥爾士・戴維斯的"Seven Steps to Heaven"等，很多爵士樂的單曲盤。

**村上**　以前大家都沒錢，所以買單曲盤。

——春樹兄，也買單曲盤的爵士樂嗎？

**村上**　不，我那時候的爵士樂已經以ＬＰ為主了。單曲盤是熱門歌曲。再怎麼樣還是Beach Boys。R.E.M.主唱Michael Stipe受訪時說：「我小時候是Beach Boys迷，喜歡穿條紋扣領襯衫。」啊，我想，跟我一樣嘛。不過如果換成R.E.M.穿上扣領條紋襯衫又能怎麼樣？我想（笑）。

——同時，您也聽荀白克嗎？

**村上**　那是很久以後的事了。從高中後半段。開始聽爵士樂是十五歲，初中後期到高中初期前後。Beach Boys出來也是在十五歲時。那真的很新鮮，非常棒喔。不過披頭四卻都是在收音機上聽，會想買唱片的是Beach Boys。

——那是為什麼呢？

**村上**　為什麼呢？披頭四的音樂完全是新的，衝擊是壓倒性的。但Beach Boys則衝擊性沒那麼強。不過對我來說Beach Boys的音樂不知道為什麼有跟我很契合的地方。好像有響到靈魂最深處去的東西似的。Beach Boys的音樂我到現在都還常聽喔。只是聽法相當不同了而已。

——那對村上先生來說，代表著和極初期美國文化的相遇嗎？

**村上**　是的。某種美式精神和VAN JACKET之類的品牌一體化，並成為一種包裝模式。

——那時候VAN JACKET，在蘆屋和夙川也有店嗎？

**村上**　神戶有店。扣領襯衫、棉長褲、休閒便鞋。是基本款。我很著迷。*MEN'S CLUB*是我愛讀的雜誌。當時的蘆屋和夙川，幾乎是純住宅區，只有車站附近有少數商店，還有大片原野。很久沒回去了，最近有事在蘆屋和夙川下車看看，變得熱鬧多了，空地也幾乎不見了，實在不像是同一個地方。海也填起來不見了。從前真的很安靜，是個世外桃源。

這麼說來，蘆屋從前有一家老舊的電影院。叫蘆屋會館。電影導演大森一樹住在我家附近，年齡比我小一點，他好像也常去那家電影院。因此某次談起那件事時，他說：「春樹兄，那家電影院，以前是傭人和僕人去的電影院呢。」「真的嗎？」（笑）。雖然不知道是真是假，總之不是多乾淨的電影院。教養好的少年不太會一個人去，好像是這樣。

——是像藝術電影院那樣的地方嗎？

**村上**　不是像藝術電影院那樣的地方，只是像二輪館、三輪館吧。像《第七號情報員續集》（From Russia with Love）就是在那裡看的。大森君也是在那裡看了同一部電影。

——令尊說：「嘿，去看電影吧！」經常帶您去電影院是什麼時候的事？

**村上**　是上小學的時候。因為以前沒有任何娛樂。雖然也有電視但並沒有播出什麼有趣的節目，頻道也少。所以一有空就說：「去看電影吧。」我記得經常去看。

——看了什麼樣的電影？

**村上**　幾乎全是西部片和戰爭片。

——約翰．福特主演的。

**村上**　對、對。看了不少喔。跟和田誠先生談起話來都能聊得起來。和田先生也看了不少那個時代的電影。

——所謂戰爭片，例如什麼樣的片子？

**村上**　都不是多大的片子。以時代來說，也很多韓戰片吧。《獨孤里橋之役》（The Bridges at Toko-ri）之類的。大概都是當時上映的影片。不過現在回想起來，居然也有唐・西格爾（Don Siegel）的艱澀作品呢。上了初中以後，已經會一個人去看自己想看的電影了。

## 十九世紀的小說像

——就像您剛才提過的那樣，村上先生在十歲的時候，忽然成為讀書少年。讀書這件事，是體驗書裡出現的世界，和裡面流過的時間，那和活生生的自己所生活的世界和時間可能完全不同。為什麼會如此被讀書這件事所吸引呢？

**村上**　總之那樣可以到不同的世界去，真是快樂得不得了。如果問我一直待在夙川、蘆屋一帶安穩的世界，什麼事最快樂的話，我會說可以藉由讀書前往別的地方去是最快樂的。這種感覺到現在還是沒有變。

換句話說，自己轉換成寫書的一方之後，一邊寫，可以一邊前往其他地方去很快樂。而且不是別人寫的東西而是自己創造的，所以樂趣就更擴大一層了。故事的發展可以隨心所欲。今天寫了十頁，明天要到什麼地方去呢？早晨一起床，就想現在要去哪裡？這樣。沒有比這更令人興奮、更有趣的事了。

——少年時代讀書所經驗的事，在寫小說時也會有類似追溯體驗的地方嗎？

**村上**　是的。只是因為已經長大了，所以不會像小時候那樣，只要故事有趣就可以滿足。如果不是和自己的根密切相關的東西，就無法滿足了。

我想在某種意義上，自己是在追求著十九世紀完結的小說像。總之只要翻開書頁，就能把我們帶到別的場所去的讀物。不必一一去想自我怎麼樣、心理描寫怎麼樣，和社會的接點如何、辯證法又如何。總之以讀物本身來說是否有趣、是否驚險刺激，才是最重要的。不過同時，那故事和自己存在的根如果沒有緊緊相繫的話，就沒有寫的意義了。以讀物的趣味，以及現在存在這裡的我的意識難以抗拒地被動搖的感覺，兩者必須同時存在才行。或者必須合而為一才行。

那或許可以稱為知識的好奇心，總之是和自我不太有關的東西。我不太會說，不過與其說是自我，不如說是和自己相關的東西。那麼要問自我和自己的不同之處在那裡？以心理學家來看可能是錯的，不過根據我個人的定義，所謂自己，是完全包含自我的存在。從這裡只提取出自我時，就會變成，好吧，把那放在玻片上用顯微鏡看看的感覺。不過含在自己裡面時，自我就像被放進水槽中的金魚那樣，可以自由自在地擺鰭游動。我有興趣的是，這種意義下總括的自己。

而且所謂自己，是和自我不同的，不必一一去詳細用科學的、邏輯的方法檢驗，對小說家來說就能大概掌握了。不需要麻煩的手續。也不需要顯微鏡。只要大體包括就行了。在這層意義上，我所努力的目標，是十九世紀式自我完結的故事。以另一種說法或許就是「完全的故事」。

——您認為為什麼十九世紀這種小說能夠普遍存在呢？

**村上**　十九世紀的中心主題是資產階級的出現對吧？資產階級越來越有力量，以那經濟力為後盾從貴族階級或王侯奪取政治上的實權，成為社會的核心。而且為他們自己，謀求大規模的商業娛樂。例如歌劇。看三小時威爾第或普契尼的歌劇。啊，真有趣，才回家。以現在來說，三小時，會說太長了，好無聊，我很忙沒時間，這樣東想西想，但那時候每天的雜事有女傭僕人代勞，空閒時間多的是。要三小時就有三小時，可以盡情享樂，打扮得漂漂亮亮坐上馬車，興沖沖地出門去。而且中場休息時間就暢快地進行社交活動。太短了還不過癮呢。

我想同樣的事情，也發生在小說上。因為娛樂的種類還沒那麼多。長小說？長很好啊。盡量寫吧。我有的是空閒時間。寫什麼主題都可以。悲劇也好喜劇也好，通俗小說也好，嚴肅主題的小說也行，簡單的偵探小說也行，什麼都沒關係。不過總之必須是把「我們」的生活和人生，豁達地描寫得栩栩如生、趣味盎然才行。必須能讓我們怦然心動，忘記日常生活的東西才行。這樣小說的任務就非常明顯了。

這種事情，在過去是不可能的。完全顛覆了所謂小說的常識。

然而到了二十世紀，「我們」的觀念漸漸模糊掉了。不只是資產階級，連一般庶民都抬頭成為文化的消費者。政治運動也變活潑了，反資產階級運動開始擁有力量。藝術、娛樂的價值也隨之凝聚了。但十九世紀的藝術文化的價值觀，說起來並不是多麻煩的東西。在那裡面巴爾札克、珍·奧斯丁、福樓拜，把人物鮮活地描寫出來。那種故事當時的人非常容易瞭解，也容易有共鳴。自我和自己也還沒嚴密區分，故事歸故事都樸實自律地流動著。福樓拜一面執筆寫愛瑪·包法利夫人吃砒霜的場景，自己也每天實際重複體驗嘔吐。真是個美好的時代（笑）。

然而資本主義開始擁有強大勢力，生活的各個層面所謂的慾望開始被重視之後，自我從自己之中脫離出來浮上表面後，自我和故事之間連接界面的調和變得非常困難。我想十九世紀和二十世紀小說的不同之處就在這裡。

然而二十世紀也結束了，來到二十一世紀，關於自我的處理，我感覺又產生了新改組。以我自己來說，進入二十一世紀之後，寫了《海邊的卡夫卡》，又寫了《1Q84》，可能是搭上這種精神改編的大洪流吧。

從進入二十一世紀以來，我確實感覺到世界對我的小說的反應有了很大的改變。我親眼目睹反應的改變。我想日本某種程度也變了。因為像《1Q84》這種小說會在短短的時間內賣出上百萬冊，是一時難以相信的事情喔。坦白說，是莫名其妙的事。要我自己來說有點怎麼樣，但我想就內容看來，是相當難的故事。這跟《挪威的森林》的暢銷是不同的兩回事。

那麼，在那背景中，是不是有什麼巨大的時代潮流的變化呢？有過現代，有過後現代，那後現代的軌道繞了一圈之後，是不是一個局面已經又宣告結束了？我有這種感覺。

——您是說我們或許已經來到必須重新改組包含著自我的自己的時期了。村上先生的小說被全球性地閱讀，可能也因為有這樣的背景，是這個意思嗎？

**村上**　詳細情形我無法說明，不過我有這種明顯的感覺。我個人正在籠統地思考，類似「神話再造」的事，或許會成為關鍵語。

## 捨棄自我的小說

——再一次回到少年時代的話題，村上先生，中學時代，有沒有懷著某種不安，或陷入危機狀態的情形？

**村上**　我完全泡在電影和音樂和書本的世界裡，然後就是跟貓玩，不太感覺到危機之類的東西。覺得也沒有特別去深入凝視自己。反倒喜歡完全沉溺在虛構的世界裡。自己要怎麼樣才能創造這樣的東西，一直被驚異的感覺所打動。

——那時候已經對創作這件事萌生興趣了嗎？

**村上**　以我的情況，因為那時候所讀的小說，全都太大了，不可能拿那個跟自己做比較。例如，讀了《安娜・卡列尼娜》，十四歲的孩子能把自己投射到裡面嗎？不可能。只是，哇，覺得好厲害地讀著而已。太棒了，下一本要讀什麼？就這樣，並沒有深入思考，只以故事為主，一本接一本地讀下去。所以如果要問，跟書之間有互相溝通嗎？並沒有。就這樣，總之我覺得好像並沒有什麼自我的糾葛之類的。

——真有意思喔。中學時代和書的交往方式，和後來成為小說家的村上先生對小說的態度完全可以接得上。沒有落入以讀書和自我相遇、我是什麼，之類沒有出口的漩渦中，可能是村上文學的重要重點之一。

**村上**　我不太喜歡《罪與罰》，也因為當初十五歲時讀了，心想一一去思考「什麼是罪」也沒有用，覺得故事本身無趣的關係。心想拉斯克尼科夫想不開去殺老婦人真令人不耐煩，那種想法沒有任何必要啊。我可能從以前就對自我之類的東西缺乏同情心吧（笑）。但對卡夫卡的《城堡》之類的，卻莫名其妙地有共鳴。

《白癡》也沒怎麼感動。好像有點定型化，覺得梅什金公爵有點假假的。我反而被《卡拉馬助夫兄弟們》的斯梅爾佳科夫強烈吸引。心想這個我喜歡。

——不喜歡梅什金公爵，卻喜歡斯梅爾佳科夫，我覺得這可能可以跟牛河連上線。

**村上**　托爾斯泰的《戰爭與和平》故事總之是壓倒性地令我著迷。出場人物的個性就算有相剋或矛盾的地方，但在歷史洪流中，那種地方就變成不是什麼大問題了。我喜歡這樣的故事。沒那閒工夫去煩惱自我怎麼樣了。倒是現實中所發生的事比較壓倒性。無論如何都會被吸引。

初中高中時代，整個十九世紀的大文學，幾乎都讀過之後，也讀了很多現代文學。覺得有趣的，和覺得無聊的大約各半。還有因為可以用英文讀書了，所以也開始積極地讀了很多美國冷硬派推理小說、科幻小說等次文化的書。當時一連讀了許多Ross Macdonald、Ed McBain、Robert Silverberg、Raymond Bradbury 等的小說。延續著那條線，又遇到了布羅提根，和馮內果。那是很重要的體驗。因為說到布羅提根和馮內果捨棄自我的方法，真是非常厲害。

——布羅提根和馮內果，能得到那個時代美國年輕人壓倒性的支持，可能也跟捨棄自我有某種關係吧。

**村上**　布羅提根的《在美國釣鱒魚》中，「在美國釣鱒魚」這個概念本身就成為主角了。這種事情，在過去是不可能的。完全顛覆了所謂小說的常識。

就像剛才說的那樣，因為知道了馮內果和布羅提根，心想也有這種小說，我想這對《聽風的歌》和《１９７３年的彈珠玩具》等的影響相當大。因為我認為如果沒有馮內果和布羅提根的話，那種東西可能出不來。

——不過馮內果，就像在《第五號屠宰場》中所出現的那樣，經歷過戰爭，有點鬱鬱寡歡，也是擁有幾乎等於被損傷的絕望經驗的人。在這層意義上，也未嘗不可和沙林傑相提並論。

**村上**　他的眾多作品，對六〇年代後半的年輕人具有強大的魅力，我想這方面是很大的原因。他是一個對既成事物，對體制不信任感和抗拒感非常強烈的人。自己對人生確實付出了代價學習，才得到這種感覺的人。不是只靠嘴巴的人。所以是一個值得信賴的作家。

——馮內果寫出了村上先生所說的體制問題，和被這種體制捲進去的人的悲喜劇和憤怒嗎？

**村上**　是的。他不把那個以直接憤怒的形式帶出來，正是他優越的地方。其中經常有幽默和小小的惡作劇。不過老實說，後期的東西變得不太有趣了。

——到哪裡為止還好呢？

**村上**　到《冠軍的早餐》。

——我也覺得馮內果在那陣子好像放棄了什麼似的。好像對以帶有哀愁的荒唐無稽故事來填滿空空的虛無洞穴，已經感到疲倦了。

**村上**　因為他並不是一個純粹意義上的小說家，只是暫時鋪上軌道，把自己的故事放在上面推進的人，有如果沒有軌道就無法前進的地方。所謂的故事作家原本是討厭軌道的。但他並不是這樣。

另一方面，對布羅提根來說，詩意的訊息非常重要，當然他不是故事作家。在資質上他是詩人。跟馮內果相反，他沒有軌道。在那所謂的六〇年代時期，因為一般人很積極地接納感覺性訊息，因此布羅提根也對那些人一一發出詩意的訊息。很多是非常美的、充滿幽默的上等質感的訊息。那是幸福的邂逅。大體上只是短文的組合而已，但美好的東西就是美好得不得了。不過當然，時代變了，讀者的感受方式也漸漸鈍化，創作者這邊也一味地追求樣式，終於遇到瓶頸。因為詩意的印象說起來是資質性的東西，有無法輕易切換的地方。

——布羅提根也走到自己傷害自己的地步。

**村上**　如果能像金斯伯格（Allen Ginsberg）那樣會耍花招的話，就可以有飯吃了，但他似乎是一個寫作和生活互相重疊的人，所以我想生活應該很困難吧。

——想到《在美國釣鱒魚》時，不能漏提的是，藤本和子女士劃時代的翻譯喔。

**村上**　是啊。如果由別人翻譯的話，我想可能會變成不同的情況。正因為有那翻譯，大家才能愉快地閱讀。要汲取布羅提根的語言轉換成日文，說起來應該是非常困難的。如果稍微有一點差錯，我想就會變成一點趣味都沒有了。我是先用英文閱讀，再用日文閱讀，不過幾乎沒有感覺任何不順的地方。我覺得是很優秀的翻譯。

其次，藤本和子女士幾乎是一個人翻譯布羅提根作品的，我覺得也是好事。不會產生出入。我一個人翻譯卡佛的全部作品，雖然接受者方面有不同的偏好，不過在同樣的意義上，我想應該也很好。

## 長距離跑者

——那麼今天的最後，可以請教一下村上先生典型的一天過法嗎？

**村上**　那是最無聊的部分了（笑）。寫長篇小說的時候，醒來的時間漸漸提早。平常大概早上四點左右起床，變成三點起床、兩點半起床，往往就那樣開始工作。

——自然會醒過來嗎？

**村上**　對。我沒有用過鬧鐘。一醒過來，從那個時間點，就已經是全開狀態了，所以立刻開始工作。熱一下咖啡，吃一點小東西，半個司康餅，或牛角麵包之類的，坐在電腦前，即刻進入工作。不會拖拖拉拉的。

——突然進入嗎？

**村上**　突然進入。因為拖拖拉拉的會沒完沒了，所以立即進入。

——從以前開始就這樣嗎？

**村上**　以前可能不是這樣。之前跟保羅・索魯（Paul Theroux）聊天時，他說：「我早上很早就起床工作。」我說：「那跟我一樣。」他說：「不一樣，我起床後會做一個半小時的填字遊戲。」（笑）我問為什麼，他說：「沒辦法立刻工作吧。」我說：「可以呀。」總之我是立刻開始。

——我覺得提姆・歐布萊恩（Tim O'Brien）也是早起的。

**村上**　習慣很重要。總之立刻進入。正在寫小說時，先不聽音樂。雖然不同天多少會不一樣，不過大約工作五、六小時，直到九點、十點左右。

——不吃早餐嗎？

**村上**　早餐，在七點左右會烤起司吐司之類的吃一點，不過不花時間。

——然後就一直寫嗎？

**村上**　是的。跟誰都不說話，一直寫。寫十頁就停下來，大概從這時候開始跑步。

——所謂十頁，是以四百字稿紙換算的十頁嗎？

**村上**　是的。以我的麥金塔電腦文書格式來說，兩個半畫面等於十頁。寫完時，大約九點到十點。於是，停下來。立刻停下。

——就不再寫了嗎？

**村上**　不寫。就算想多寫一點也不寫，寫了八頁覺得好像寫不出來了，也會想辦法寫十頁。想再多寫也不寫。把想多寫的心情保留給明天。這可能因為我是長距離跑者的關係。因為如果是馬拉松賽跑的話，就算覺得今天已經跑夠了，也不能在四十公里的地方停下來，也不能因為想多跑一點而特地跑四十五公里。那是規定好的事。

——例如，青豆和天吾的章節交互出現的BOOK2中，青豆和領導對決的那一幕結束的地方，是那天的第六頁，您還會寫四頁下一章嗎？

**村上**　當然。

——不會以內容當區別的段落？

**村上**　不會。我補充說明一下，第二天會從改寫前一天所寫的部分開始。從頭修改前一天寫的十頁，然後接著繼續寫下去。不過不會改得太亂。只會大體整理而已，補充一下關係，削除一些地方，改流暢一點。真正的修改會在第二稿之後才做。順著前一天修改的流勢，進入新的地方。

——寫小說時也會做翻譯嗎？

**村上**　只會做翻譯。除此之外的工作都不做。我一旦開始寫長篇小說，就會沒辦法再去思考其他事情。這種專注的程度非常強。實在無法寫什麼隨筆。只有翻譯是使用頭腦的完全不同地方所以沒問題。反而可以得到很好的平衡。該怎麼說呢？集中精神寫小說，然後做翻譯的話，感覺好像可以修正偏向左右的平衡似的。就像在做肌肉的伸展一樣。

——集中精神寫《1Q84》時，也繼續在翻譯嗎？

**村上**　一直在做。錢德勒，或卡波提。翻譯與其說是工作，不如說非常接近興趣。像在簷廊把玩著盆栽一樣，接近這種性質。

——九點或十點工作結束了，依不同日子而定，有時就開始跑步了。

**村上**　大多會開始跑步。冬天早上太早跑很冷，有時會在下午或傍晚跑，夏天白天跑很熱，就會趁早上涼爽一點時跑，再繼續工作。這是依季節而改變。不過一天之中大約跑一小時，或游泳一小時左右，這已經排進日常的時間表中了。所以我一天只有二十三小時，這樣決定好生活著。一小時用來運動。

——路線大概都是定好的嗎？

**村上**　定好的。有幾條路線，今天要跑哪一條，考慮一下就決定。

——不同路線，距離也不同嗎？

**村上**　當然。有的上下坡多，有的平地多，距離有短有長，不過大概以一小時為準。有時候為了激勵自己，會在跑道算時間，或加上負重練習。果然比二十年前時間成績退步了。

——回來之後翻譯時，也會決定頁數嗎？

**村上**　不，翻譯有難的，也有容易的，不同部分也有差別，不能一概決定。覺得累了，就當場停下來。一面聽音樂一面盡興地翻譯，膩了就適度停下來休息。因為和小說不同，所以不規定配額。極簡單地，個人享樂地做著。

——翻譯時，和寫小說時的速度落差，翻譯是不是比較會有時快有時慢，變化幅度比較大呢？

**村上**　是的。因為自己的文章，一天會寫一定的量，所以不會一會兒變慢一會兒變快。

——例如，牛河到學校去拜訪的一幕。還有牛河和Tamaru對決的一幕。兩個速度並沒有太大差別嗎？

**村上**　沒有差別。從零開始創作，不同的場面不太有困難和容易的差別。一天確實地寫十頁。不寫十頁以上，也不寫十頁以下。不過在改寫的時候，如果認為這裡是應該慢慢描寫的地方，會徹底重點式地改寫。會要求重印好幾次校對版本，徹底縝密地加以改寫。我最喜歡這種作業。花時間磨自己的文章，一點也不痛苦。不過在寫第一次初稿時，維持一定步調比什麼都重要。雖然不是經常，不過有時會刻意某種程度跳過去寫。心想事後再重新改寫就行了。

——為什麼保持固定步調那麼重要呢？

**村上**　為什麼呢？我也不知道。總之就是要搭上自己的步調。讓自己變成習慣的動物。決定一天寫十頁的話，無論如何都要寫十頁。這是從《尋羊冒險記》的時候以來就不太改變了。決定了就要照做。不訴苦、不抱怨、不找藉口。好像運動社團的人似的（笑）。

現在我這樣說時，很多人會佩服地說：「真了不起」，以前我這樣說時，人家都真的把我當傻瓜。說這樣不是藝術家。所謂藝術家是心血來潮時就寫，沒有靈感時就不寫。這種像按打卡鐘的寫法寫不出什麼好東西來。稿子是要在截稿時間逼近了才開始寫的，經常有人這樣說。

不過我不認為這樣，不管全世界的人怎麼說，我想我所感覺到的事情一定比較正確。所以不管人家怎麼想，我自己的步調還是一點都不亂。早睡早起，每天跑十公里，一天持續寫十頁。像傻瓜一樣。我現在仍然認為，畢竟這樣才是對的。真的。周圍怎麼說，都不必去聽。

——從比較初期就這樣想了，是第六感嗎？或屬於更生理上的東西？

**村上**　有一點是，剛才也提過了，我是天生的長距離跑者。肌肉的質、身體骨架，還有精神上都是。所謂長距離跑者，如果心情好就跑久一點，今天沒心情跑就休息的話，是沒辦法跑的。不想跑的時候也要跑才是長距離跑者。想跑才跑，無法成為長距離跑者。今天不想跑，也要跑，是長距離跑者的精神。這一定某種程度是天生的吧。或許多少也有脾氣倔強的傾向。

——原來如此。不過翻譯完之後，做什麼呢？

**村上**　什麼都不做。那一天的工作結束了。天黑之後就不工作。早上起來寫小說、跑步、翻譯，下午兩點左右結束的話，接下來就隨高興做點什麼。讀讀書、聽聽音樂、散散步、逛逛中古唱片行、做做料理。

總之，無論工作，或做工作以外的事，我只是以喜歡的方式做我喜歡的事而已。並不是律己甚嚴。討厭的事情幾乎不做。喜歡的事情多少努力去做，這並不算什麼。

——已經快六點了。好長的時間，謝謝。明天就是最後一天了喔。

# 【第三天】

## 尊敬的感情

——最後一天了。

今天主要想請教村上先生始終在做的翻譯工作，和海外的工作。

村上先生剛出道不久，就在中央公論的文藝雜誌《海》上發表史考特·費滋傑羅的短篇和隨筆的翻譯（收錄在一九八一年，*My Lost City*〈《我失落的城市》〉），開始翻譯的工作。寫小說和做翻譯並行，是從最初就這樣計畫的嗎？

**村上**　我十幾歲就開始讀英文書，尤其是費滋傑羅的書反覆讀過好幾次。但在一九八〇年當時，市面上除了《大亨小傳》之外，幾乎沒有費滋傑羅的其他翻譯作品。我在寫小說以前，一有空就在大學筆記本上一點一點地翻譯著玩。記不太清楚了，不過我想是類似費滋傑羅短篇小說的試譯吧。當然並沒有想要發表，只是當興趣般做著而已。

以小說家出道時，雖然完全是個沒經驗的新人，當時卻想能不能也一面做翻譯。所以《海》能讓我翻譯費滋傑羅的短篇小說時，我非常高興。我的翻譯文稿透過編輯部請飛田茂雄先生幫我審稿。因為飛田先生是傑出的資深翻譯家，所以對我是很好的學習。

——然後繼續翻瑞蒙·卡佛（Raymond Carver），接著又開始翻約翰·厄文和現任第一線作家的作品。

**村上**　我第一次知道卡佛，是從*West Coast Fiction*（《西岸平裝本小說選集》）中看到的。這是住在美國西海岸作家的短篇小說集。裡面有卡佛的“So Much Water So Close To Home”〈家離有水的地方這麼近〉。我讀了這個深感震撼，覺得腦袋像忽然啪地打開了似的。被那麼深深地感動。因此想到，總之我一定要翻譯。在日本，那時候，卡佛可能幾乎沒有人認識。翻譯發表之後很受好評。以這個為契機，卡佛的作品全都由我繼續翻譯。可以說是幸運的邂逅吧。

約翰·厄文，我第一次是讀了《蓋普眼中的世界》。在美國一出版我就立刻讀了英文版，真是被嚇到了。小說也能這樣寫嗎？也有這樣的東西呀。於是找到他的處女作《放熊》（*Setting Free the Bears*）來讀。雖然更粗獷、原始，但裡頭還是有一股強烈的土地力量。心一直被吸引進去。我想這到底是什麼呢？

因此《放熊》的翻譯在*Marie Claire*雜誌日文版連載。因為是很長的小說，那時候我一個人的力量有點沒辦法應付，因此請負責的編輯安原顯先生為我組成一個以柴田元幸先生為首的審稿小組。另外四位是齋藤英治、畑中佳樹、上岡伸雄、武藤康史這樣的陣容，這五人小組真是傑出。當時都還年輕，現在想想真是明星組合呢。

從此以後，我跟柴田先生一起工作了二十年，能遇到柴田先生這樣的翻譯師傅，我實在很幸運。翻譯的基本功都是柴田先生教我的。我從柴田先生身上學到的，就是要正確地把文章翻譯出來。確實鞏固基礎。無論多細微之處都不要遺漏。普通人很容易忽略掉的非常細微之處，就會讓文章的氣氛產生微妙的變化。柴田先生不會看漏這樣的地方。所以二十幾年來，我們雖然不斷面對面討論：「不是這樣。也不是那樣。」到現在還是有很多該學的事情。相反地，我也很希望柴田先生能從和我的合作中稍微得到一點什麼，不知道怎麼樣。實在沒自信。

——村上先生會想翻譯某特定小說家的作品，判斷基準是在什麼地方？還有為什麼會繼續翻譯？

**村上** 第一點怎麼說都是尊敬。對文學尊敬的感情很重要。如果對這些超越自己的作家沒有敬意，是沒辦法寫小說或文章的。小說家一定有向誰學習。如果沒有，就沒辦法寫書。翻譯也一樣，如果沒有尊敬是不行的。因為這是非常細微的工作。

第二點，翻譯這件事，以作家來說是一種學習。就像以前的人抄書、寫經那樣，把英語一句一句轉換成日語，從而學到語言的用法、文章節奏的掌握方式、怎麼樣寫小說這些事。我並沒有特別的文章老師、沒有寫書的同伴，也不知道寫小說的方法。另一方面，很多地方是以做翻譯這件事，一直仔細地、實際地學習小說的結構。對我來說，翻譯就像學校一樣。

第三點，是語言的問題。我在小說中會把什麼做釋義，也就是置換，這怎麼做呢？第一天也說過了，翻譯是種語言與語言之間的轉換動作。也就是跟小說的釋義有一種呼應關係。這英語如果轉換成日語會變怎麼樣？這也很類似在腦中拼圖一樣，因此怎麼做都不會厭倦，那種轉換必須一一盡量正確進行才行。

我想，柴田先生的工作，對日本的翻譯界也是一大轉變。過去的翻譯，某種程度，是翻譯者隨意地在做著解釋。覺得這裡不需要就一一割捨掉。或重新改寫。這種事情很多，而且還被認為是「名譯」。我想是柴田先生把這種風氣改變掉的。總之把文章正確地轉移。就是先從這裡開始。明確地提出這種主張。所以我認為柴田先生，或他那個世代的翻譯家登場之後，日本翻譯的精確度和技術明顯地提升了。

我的翻譯工作，常常被別人特別稱為小說家的翻譯，我不希望被這樣單純地概括。因為如此一來，就像以前常見的、隨意將自己的文體強加上去的翻譯。我在做的，和這不一樣。對我來說，重要的是，跟柴田先生一樣，採取的順序是，先要翻譯得正確。不折損文章正確的精度，駕馭文章技巧寫出適當的單語和文節，自然能形成文體。不是先有文體，而是先有精度才有文體。並不特別需要是類似令人佩服的「名譯」。至少我是以這個為理想在進行工作的。是否順利則另當別論。此外我也透過這樣的程序，學到文章的寫法。對自己的小說同樣也可以這麼說。首先要有精度。

## 古典的重新翻譯

——也想請教一下關於翻譯的人稱，若要將「You」翻譯成「你」，以日語的文脈來思考時，不要譯出「你」有時反而比較接近英語的文意。還有「I」要譯成「僕」或「私」或「俺」的問題。村上先生翻譯沙林傑的《麥田捕手》（二〇〇三年）中，妹妹菲比對哥哥荷頓稱呼「You」的用語，本來野崎孝譯的版本譯成「哥哥」，村上先生改譯成「你」，如果這「You」不譯成「你」的話，意義會完全不同。你們在《翻譯夜話2　沙林傑戰記》（二〇〇三）中，詳細討論過。我的確因此恍然大悟，而人稱如何處理，在翻譯上是相當重要的事啊。

**村上**　人稱要看個別情況。這只能在作品的文脈中思考。You如何翻譯也一樣。《麥田捕手》中的菲比，當然在故事中是荷頓血脈相連的妹妹，是一家人，但也是荷頓的另一個內在存在，有接近分身的涵義。我是這樣看的。如果不這樣看出來的話，菲比對話的意義就會改變了。所以那You，只能譯成「你」。我是這樣覺得的。

這幾年，我重新翻譯的古典作品，也就是卡波提的《第凡內早餐》、錢德勒的《漫長的告別》、費滋傑羅的《大亨小傳》，人稱的問題也很重要。每部作品應該都有讀者慣常熟悉的翻譯版本，已經深深打動他們的心了，要在這裡讓新的詞彙和新的人稱擠進他們心中是極困難的作業。尤其如果這作品是年輕時讀的、深受感動並受到某種影響而成長的人，出現新的翻譯時，往往會感覺自己心中的印象好像受傷了或被汙染了般。覺得不對勁或不舒服。就算新的翻譯比較接近原典，也更正確。這是難以避免的事情。我也很瞭解這種心情。

因此，要出古典作品的新譯，就像老鼠要在貓頭上掛鈴鐺那樣。只是，為了新的世代，不得不有人來做這種事。我在做古典作品的重新翻譯，是為了現在才第一次要讀那作品的年輕人設想，深深感覺這時候非要有新的翻譯不可。因為所謂的語言其實是活的生物，不管翻譯的好壞，五十年前的翻譯無論如何總是不好讀。至少應該提供幾種選擇。就算有噓聲出現，還是需要有人來做。

另外一點，我這段期間以古典的重譯為中心做翻譯也有原因。過去我翻譯約翰．厄文、瑞蒙．卡佛、提姆．歐布萊恩，以小說家的我來說都成為我的養分。例如，厄文的故事世界、卡佛的寫實文體、提姆．歐布萊恩自由幻想的切入方式。啊，原來如此，也可以這樣寫呀，讓我有這樣的發現。

不過我自己寫了《發條鳥年代記》和《海邊的卡夫卡》，已經找到自己該走的方向了。而且自己心之所向，前方已經沒有標記，沒有路徑，必須靠自己的手去開拓新路才行了。走到這個地步之後，再辛苦去翻譯同時代小說家的作品，能從中獲得的東西，已經比以前少了。也因為這樣，我漸漸感覺到新的作品、同時代的現任作家作品的翻譯，就交給年輕而有意願的譯者去做可能比較好。

因為我不是翻譯者而是創作者，如果要翻譯，我想翻能從中獲得創作養分的東西。不過新作家的作品中，很難輕易找到這樣的東西。我想那麼就往古典去找吧，過去讀了感動過的作品，再一次試著詳細檢查看看。我認為那不也是一種重新的自我檢查嗎？

還有自己身為小說家的文體問題。今後在小說的世界，要能把想做的事隨心所欲地寫出來，我想可能必須再一次提升自己的文體力量才行。因此，或許必須重新回到自己的原點。這樣想也有很大的關係。

──原來如此，也有這種原因啊。不過，也許我搞錯了，但沙林傑的《麥田捕手》的新譯，和其他的新譯之間，我覺得語感上好像有一點微妙的差異。《麥田捕手》的翻譯，以順序來說是在《海邊的卡夫卡》之後的工作吧？

**村上**　是的。

──關於《麥田捕手》，村上先生在《沙林傑戰記》中所寫的事情真的很有趣，您指出這是沙林傑把戰爭體驗具體化為小說、其實是一部戰爭小說，這點令我很驚訝。這才真是下到井底，像穿過牆壁到達沙林傑這個作家的內部去，解讀了似的。真是讓人有點意外的解說。

小說家的資質必要的是，文體、內容和結構。這三者如果不完全具備，就無法寫大部頭的小說。

我推測《麥田捕手》和其他古典作品驅動村上春樹這位作家的東西，意義上是否有點不同。不過另一方面，我也可以感覺到這和《海邊的卡夫卡》以後的工作有很深的關係。不知道在村上先生心裡又是如何的情況，我有這種模糊的想法……

**村上**　《麥田捕手》和其他古典作品的新譯不同，有一點很清楚。就是只有《麥田捕手》這本書我過去完全沒有重讀過好幾次。十幾歲時讀過後就沒有再讀。在記憶中雖然留下深刻印象。但無論《大亨小傳》或《漫長的告別》，我都重讀過幾次。然而只有沙林傑的這本書我一直放在書架上。翻譯時，才在相隔幾十年後重新再讀。雖然是一本留下非常鮮明印象的書，卻不知道為什麼沒有想要再讀。

——雖然如此，您在《沙林傑戰記》中，卻提到往沙林傑的井深處挖掘，非常有趣。是因為在翻譯作業途中嗅到什麼氣味了嗎？

**村上**　我想是吧。在自己心中對那部作品重新加以檢查。一般人對於這本小說的文脈掌握，都是把它當成告別純真的少年對成人社會的反抗、抱持著「討厭欺詐不正」的主張而行動，但我想其實不是這樣。至少不只是這樣。如果能對照讀我的翻譯和野崎先生的翻譯，我想應該可以知道那方面氣味的差異。我只能想成《麥田捕手》是沙林傑把自己從軍時代的深刻心靈創傷，託付在荷頓．柯菲爾德這年輕的分身上所寫出的作品。仔細讀的話，就知道並不單純只是青春反抗小說，也是刻畫出沙林傑這個猶太作家的類似身分證明的小說。我從這本書的翻譯工作中所學到的一定很多。

## 關於衣著

——您穿的衣服，是在東京的時候買的嗎？

**村上**　我幾乎都在美國買衣服。因為在國外時比較有空，走著走著就走進服飾店逛逛。我買的大致上都是便宜而且休閒的東西。像是GAP、Banana Republic之類的。最貴的頂多是Ralph Lauren。我喜歡什麼都不必想，啪的一下子就能穿的東西。我不喜歡裝模作樣的衣服。我的衣服，不論是襪子還是內衣褲，全都是自己買的。別人買的東西我幾乎都不中意。

在東京時，我幾乎不買衣服。不過每年有兩次，會到Comme des Garçons採買。乍看之下會覺得他們賣的東西非常奇怪，但是在那裡買的衣服不太會讓人後悔喔。

本來我的肩幅和胸圍就寬大，如果不是Comme des Garçons那種寬鬆舒適型的衣服就不太合穿。現在像那種有如剪影般的衣服已經消失無蹤了，現在流行的多是合身的衣服，儘管如此我還是買了。理由之一是，立體剪裁相當俐落，再來就是設計上意外地不會讓人生膩。而且像我這樣的人去也不會給我臉色看。還有，有時候，如果沒有事先買好西裝或外套，那麼必須比較盛裝打扮時就沒有衣服可穿，所以堅持每年兩次，到Comme des Garçons去。

（張明敏譯）

戰爭所留下的心靈創傷，也像是青春年少純真年代的心靈創傷一樣。其中有很深的相似性。因此，我想這部作品才能強烈地吸引年輕世代。就像馮內果的《第五號屠宰場》吸引六〇年代的年輕世代一樣。

## 關於沙林傑、卡波提

——既然提到了沙林傑，我想也請教一下身為作家的沙林傑的這一面。我讀他的作品《九個故事》（*Nine Stories*）、《法蘭妮與卓依》、《舉高屋樑，木匠們／西摩小傳》（*Raise High the Roof Beam, Carpenters and Seymour: An Introduction*），知道沙林傑在幾本小說中想把格拉斯家的故事分幾本書來描寫。而且漸漸對東洋思想的東西加深興趣。我想像其中可能潛藏著沙林傑和某種東西的爭鬥，但他卻沉默了將近半世紀沒有發表任何東西，就死了。您認為沙林傑為什麼不發表小說而保持沉默呢？

**村上**　我是這樣認為的。沙林傑最大的問題，是無法建立結構。他想寫的事情，如果沒有可以容納的結構就無法寫。但他又在無法建立能讓自己滿意的結構時就結束了。有想寫的內容，也有文體，只是沒有適合的堅固結構。也就是確實的容器。小說家的資質必要的是，文體、內容和結構。這三者如果不完全具備，就無法寫處理重大問題的大部頭小說。

——村上先生還三十幾歲時，跟中上健次先生對談，是在寫完第二部作品《1973年的彈珠玩具》之後，您曾說過對於今後自己要往小說的解體方向前進，還是往重新建構的方向前進，並不是沒有感到類似迷惑的地方。

**村上**　我說過嗎？嗯，我都不記得了。

——雖然有迷惑的地方，不過您說自己判斷還是不得不往重新建構的方向前進。於是往《尋羊冒險記》邁進。想到解體或建構時，沙林傑沒有能夠建構，結果就解體了，是這樣嗎？

**村上**　《麥田捕手》是一種並列的連作。以長篇來說算是長篇，但以結構來看時，並不是我所認知的長篇小說。雖然是關於荷頓．柯菲爾德的連作故事。《法蘭妮與卓依》也是，第一章法蘭妮的那章以為故事成立了而繼續讀下去，到了下一章法蘭妮出現時，小說就解體了。這可能可以說是沙林傑結構上的極限吧。不過，文體上有很多值得看的東西。《九個故事》也有一半確實是鮮活有趣的。以形式來區隔的話，沙林傑真是才華洋溢的出色作家。那種東西要逕自繼續寫下去應該也有他的地位。但本人可能無法忍受。他想寫更大的東西。事情大概就是這樣。

——中途變得寫不出來的小說家，說起來還有一位卡波提。卡波提從一開始，就擁有緻密得驚人的完成文體。而在生涯的中途，為了非小說《冷血》的取材和執筆就耗掉七年時間，結果獲得很大的成功。但那成功，很多人說，最後卻扼殺了身為小說家的卡波提，村上先生怎麼想？

**村上**　《冷血》是我大學時代，書在美國出版後不久，就同時讀英文版的。剛開始讀時非常驚訝。不過讀到最後，老實說並沒有很佩服。心想就算不是卡波提，也能寫出這個來吧，當時的我不謙虛地這樣想。但不久之後，再重讀一遍，啊，這寫得還真好，覺得只有卡波提才寫得出這樣的書。

高中時代，我對卡波提的文章有很深的感覺。尤其讀了〈無頭鷹〉（"The Headless Hawk"）的原文時，就覺得這樣纖細出色的文章我實在寫不出來。這樣傑出的英語文章，自己只要讀就好了吧。所以，讀了《冷血》，才會格外覺得卡波提不寫這種東西也罷。

十九歲發表第一篇短篇，然後陸續發表了像《另外的呼聲，另外的屋子》（*Other Voices, Other Rooms*）、《夜之樹》（*A Tree of Night*）、《草豎琴》（*The Grass Harp*）、《聖誕節的回憶》（*A Christmas Memory*），總而言之就是繼續寫有關純真的故事，但過了三十歲之後寫完《第凡內早餐》的前後，卻有點遇到瓶頸了。剛出道的時候，由於才氣縱橫的文章被盛讚為「enfant terrible」（法語，意思是讓大人難堪的可怕孩子），但寫著之間也上了年紀。年輕時可以用純真為主題來持續書寫，但超過某個年齡之後，那無論如何都會變得難受起來。光有才氣是不持久的。

例如，我如果繼續寫像《聽風的歌》和《1973年的彈珠玩具》那樣的文字，也就是感性的世界，小說的精度可能隨新作品而提高，世界的完成度也會提高，評價可能還算不錯。但那樣的作業卻無法永遠繼續下去。自己會遇到瓶頸。題材也有極限。而到了某個年紀之後，方法會變僵硬，想要轉變方向也沒那麼簡單了。

因此，也許和剛才解體或再建構的話題稍有不同，但我會朝向《尋羊冒險記》前進，我想也是因為對按照以前寫來的方向以便提高完成度這件事感到存疑。無論是卡波提或沙林傑，在想提高自己文章的精度時，反而遇到了瓶頸。因為兩個人都是從短篇到中篇的作家，因此無法巧妙建立長篇的結構。《冷血》的長度，嚴格說來，也只是因為把事實這結構帶進去了才建立了可能性，卡波提後來所寫的小說，又回到原來的路子，只能做短篇的連接而已。

## 卡佛的新境界

**村上**　瑞蒙．卡佛也嘗試寫過長篇小說，但寫不來。我想生活很苦沒時間寫也有關係，不過跟原本的資質也有關係。因此在某個時間點，就決定自己是短篇小說作家並繼續下去，但因為種種原因開始酒精中毒，身體搞壞了，作家生涯也遇到瓶頸差一點沒命。不過那時候因為與第一任妻子分手後，跟黛絲．嘉樂葛在一起，重新建立新生活，接下來又寫出像〈大教堂〉（“Cathedral”）那樣開創嶄新境界的傑出短篇。這是稀有例子。短篇雖然是短篇，但在那形式中他卻能將自己巧妙改組。

接著，得了癌症，知道自己餘命不多時，最後寫的短篇是〈差事〉（“Errand”）。這是讀了契訶夫的傳記得到的靈感，描寫契訶夫臨終光景的驚人短篇。以〈大教堂〉來說，過去的短篇大多是根據卡佛的實際經驗所寫的，但〈差事〉卻把不是自己經驗過的事情「砰」一下放進小說中。他假借一個契訶夫臨終時碰巧在場的旅館無名服務生的觀點，創作出故事來。這是這本小說傑出的地方。這篇短篇是否含有顯示卡佛新方向的什麼，從那裡是否又會有更新的轉變，我也不知道。

——村上先生把卡佛的同一篇短篇改譯過好幾次，甚至譯完他的全集，真是投入非常大的心力。但您也清楚寫過這對您自己的作品，並沒有直接影響。

**村上**　沒有。

——是不是在別的方面得到了什麼才會讓您耗費那樣大的心血去翻譯，或者，這樣長久而深入地密切接觸，為什麼卻能不受影響呢？這方面很想請教。

**村上**　我想故事性本來就不一樣。卡佛想寫的故事，和我想寫的故事成立方式完全不同。感覺有趣，和有興趣被吸引的地方，也不同。我覺得他會將如果是我的話就不會這樣寫的地方，毫不炫耀也不費力地寫出來。因此讀的時候常常會冷不防地感到意外。在這層意義上，就算沒有受到直接影響，但我個人確實從卡佛的故事中得到某種無法預料的震撼，有這種感覺。

從單行本、文庫本、到全集、平裝本，每次改變形式出版時，我都會繼續修改譯文的，大概只有卡佛的短篇。我雖然也不清楚自己為什麼會這樣仔細地持續改譯，可能是想試試看他作品的各種可能性吧，我覺得。文章和對話都很簡單，表現有接近詩的地方。如果是長而複雜的文章的話，譯法大體上是固定的，但像這種短篇文章，只要一點點語感的微妙差別，感覺就會改變。所以翻譯有許多選擇。必須從其中選出一種來。雖然是用大學的研究生也能翻譯的簡單用語寫成的，但對卡佛的觀點、卡佛活過的世界，如果沒有真正理解的話，就無法找到正確的語言。所以卡佛的翻譯是很難下手的。

## 二十世紀小說家的陷阱

——費滋傑羅是寫長篇，也寫短篇的作家。在這方面，感覺資質的寬度和深度似乎都有，但最後卻以毀滅自己般的形式結束一生。費滋傑羅以作家的資質來說，是不是有什麼不足的地方？

**村上**　他的情況，是沒有材料就無法寫的人，我想這一點關係很大。自己製造材料，自己演出，把那實行之後才寫成小說——因為他是刻意這樣做的人，所以他和太太潔兒達兩個人一起做的時候還很順利，但我想潔兒達得了精神病住院後，費滋傑羅一個人，負起養育女兒的責任時，就開始混亂了。他有寫長篇的能力，文章也很不錯，人物造型精彩，但缺少了引信的事件，他就無法寫小說。

說到美國一九二〇年代，就像日本泡沫經濟變本加厲一般。活在那樣瘋狂騷動的時代的趣味，我想確實是有的。而且，以發生在自己身上的事情為材料寫小說，對當時的作家來說是極普通而理所當然的事。海明威上了年紀之後遇到瓶頸，可能因為他也是強烈傾向從現實發生的事件取材以創作小說故事的人。鬥牛、戰爭、西班牙、釣魚、打獵，自己實際到處行動、親身收集題材，但這種事也有限度。因此我想那也有一部分把他逼到自殺的地步。

所謂「完全的小說家」，至少在十九世紀曾經有過。狄更斯、杜斯妥也夫斯基、托爾斯泰、巴爾札克、斯丹達爾等，大概都對自己寫的故事，毫無疑問地寫著。然而進入二十世紀時，十九世紀的「完全小說家」消失了，各自都一面感覺矛盾，一面不得不各自抱著死胡同寫。漱石也是這樣。把自己刻意逼進死胡同，不面對近代性的自我，變得無法繼續寫小說。這已經不足以做為一個「完全的小說家」了。而兩次世界大戰和俄國大革命對這更加重打擊。

二十世紀的作家中，有能稱得上「完全的小說家」的人嗎？我想幾乎沒有。我喜歡錢德勒，可能因為他是能例外地自我完結的作家。錢德勒的小說，幾乎沒有讓我們感覺到，對自己的故事不信任或不安般的東西。雖然他本人是到最後都對寫純文學始終懷著渴望的人，至少在讀他的作品時，每一部作品都感覺很充實、完結似的。

——為什麼錢德勒能免於迷失在二十世紀作家的死胡同裡呢？

**村上**　我想是自我問題。因為錢德勒對於自我可以不去胡思亂想。他能迴避掉這個。為什麼？因為他設立了菲力普．馬羅這個私家偵探。菲力普．馬羅的存在，是錢德勒為了迴避自我的裝置。然而無論費滋傑羅或海明威都只能直接面對自我，如果不把和外界相對的自我姿態，以及那輾轉痛苦掙扎的模樣描寫出來，就無法創作出對自己有意義的故事。因此不得不費盡工夫苦思那裝置。也必須要有能夠支撐的思想。所以他們會很痛苦。跟他們比起來，菲力普．馬羅一開始就是個虛擬的角色，因此沒有必要去一一認真考慮那假造的自我。只要考慮菲力普．馬羅和所面對的外部的各種事件之間要保持什麼樣的連結就行了。換句話說，菲力普．馬羅的自我，是從外部任意建構起來的。像在透明人上塗一層油漆那樣。錢德勒的自我並沒有從內部投影。錢德勒只要描寫那連結的模樣就行了。當然因此他必須擁有夠強韌而才華洋溢的文體才行。

然而所謂的純文學作家，不從外部包圍建構自我，寧可從內部建立自我，但如果要做這麼困難的事，小說和小說家也許終究都會繼續不下去。

——二十世紀的小說家幾乎都掉進那樣的陷阱裡嗎？

**村上** 我剛開始也只是模糊地這樣感覺而已，但在寫著小說之間卻發現，啊，可能是這樣。也漸漸明白這種地方。有一段時期，拉丁美洲的魔幻寫實主義受到眾所矚目。我也喜歡賈西亞．馬奎斯，馬奎斯的小說，試想起來幾乎沒有描寫自我。他以南美的風土為舞台，在那土著的光景中，換句話說是在被包圍的形式下，浮現出場人物的形象，並不會從內部描寫自我。南美文學雖然向來都以魔幻寫實或故事性被說明，但我覺得不妨以自我的描寫方式來看。是從內部描寫自我，還是從外部包圍的形式顯露自我。在近代西歐社會中，自我和外部的相剋已經成為一個很大的主題了，南美文學的某部分，可能也因為跟社會狀況有關，巧妙地迴避掉了這方面。

——對於《蜘蛛女之吻》的作家馬努葉．普易，您有什麼想法呢？我認為無論是以對話推進故事，或喚起影像式畫面的地方，都有足以和村上先生的小說相提並論的趣味，在拉丁美洲文學中，是個有點異色的作家。

**村上** 我也喜歡普易。尤其是初期的東西。他的小說是以想像力為中心建立起故事的。有類似對想像力強大的根源性信仰。所以不必下降到自我的層次。那是在自我的更前面階段。《被麗泰．海華斯背叛》（*Betrayed by Rita Hayworth*）也一樣。我重讀了好幾次。非常喜歡。是很有趣的嘗試。不過那個反覆試過幾次之後，結構的類型會限定下來，因此故事會漸漸開始停滯沉澱。還是初期的東西比較好。

——想請教您有關另外一個人，約翰．厄文。他在出道前，在愛荷華大學的創作系師事馮內果，出道後公開聲明尊敬狄更斯，提倡復興十九世紀式的小說。現在也繼續旺盛地發表長篇小說。

**村上** 我在費滋傑羅之後，也一直持續在讀美國文學。但到了七〇年左右感覺美國文學整體遇到瓶頸了。在那中間讀了《蓋普眼中的世界》。剛才也提到過，我覺得這本書真了不起。追溯到他的處女作讀了《放熊》，也主動希望把它翻譯出來。然後是《新罕布夏旅館》（*The Hotel New Hampshire*）、《心塵往事》（*The Cider House Rules*），書一出來不管怎麼樣我都會立刻買來讀。每一本都很有趣。不過讀新作已經沒有每次都受到刺激了。和普易的情況一樣，可能是故事漸漸定型化了吧。雖然寫得越來越好，但深度卻沒有增加。

不可思議的是，厄文所稱讚的十九世紀小說，例如：珍・奧斯丁、查爾斯・狄更斯，他們所寫的小說，說內容幾乎都一樣也的確如此，說重複也很重複。完美地定型化了。卻不膩。珍・奧斯丁，無論讀幾遍都很有趣。十九世紀，同樣的故事可以重複、再生產，故事不必很深，每次還是能讀得怦然心動。不知道為什麼。真不可思議啊。

只是，厄文的小說，如果第一本是從《寡居的一年》（*A Widow for One Year*）開始讀的人，可能會驚訝地感到有趣。但對於從第一本持續讀來的我來說，那一帶的情況就不太清楚了。可能只是順序的問題。

——請問對於今後的翻譯工作、對於進行中的作品，或對未來想做的事，有什麼預定嗎？

**村上**　錢德勒長篇小說的重新翻譯，可能的話我想全部翻。現在我正在翻譯的是《小妹》（*The Little Sister*），幾乎全部翻好了，正在重新看過。這本書我個人從以前就很喜歡。其他最近的工作，有登在柴田先生所編的雜誌*Monkey Business*上我譯的傑夫・代爾（Geoff Dyer）的*But Beautiful: A Book about Jazz*中的一篇。

——我讀了喔。很有趣。居然有這種方法讓我出乎意料之外。

**村上**　他是一九五八年生的英國作家，他的書*But Beautiful: A Book about Jazz*是一本寫出傳說中的爵士音樂家Lester Young、Art Pepper、Duke Ellington、Bud Powell、Chet Baker、Ben Webster等人的作品。我打算全部翻譯出來，不過這是根據傑夫・代爾所收集的資料，將確實發生過的事，再發揮想像力所寫的故事。令人聯想到剛才提到的卡佛把契訶夫臨終的場景寫出的最後短篇〈差事〉的手法。傑夫・代爾也對D・H・勞倫斯寫了同樣的東西，得到很高的評價。

以譯者來說，能夠像這樣發現在日本還沒有人知道的作家，還是很有樂趣的。

## 美國的出版界

——請教過有關海外作家的事之後，也想回過頭來請教一下村上先生自己和海外出版界的接觸情形。翻譯方面，最早是《尋羊冒險記》的英語版*A Wild Sheep Chase*由講談社國際部（Kodansha International）出版的吧。由於講談社國際部編輯Elmer Luke的熱心，為了促銷*A Wild Sheep Chase*您也受邀到美國去。於是《紐約客》雜誌也大幅報導了，《紐約時報》也登了書評，前景相當看好的開始。

**村上**　後來幾部作品也由講談社國際部出版，評語也還算好。講談社國際部當地的工作人員幾乎都是美國人，但都非常拚命地幫我出力，我到現在都還很感謝他們，不過現實上還是有極限。這說來話長，書如果不是由美國的大出版社出的話，很難正面攻進美國市場，我確實有這種感覺。

於是，為了長期展望，我得到一個結論，就是只能自己去找當地的文學經紀公司跟他們簽約、自己選出版社，從那裡以和其他美國作家一樣的形式出書。於是我到紐約克諾夫出版集團（Knopf），找當時的文藝部經理Sonny Mehta，跟克諾夫出版集團的編輯Gary Fisketjohn談過，也見過文學經紀人Amanda Urban。直接進行私人交談。

——無論是對Sonny Mehta、Gary Fisketjohn，還是Amanda Urban，以處理美國出版界純文學方面的人來說，都是往正中央投出直球，說白了，他們全都是頂尖級的人物喔。

**村上**　從進入八〇年代以前開始，就一直牽引著美國文學界的人。

——對美國現代文學有很大貢獻的老牌雜誌《紐約客》，也在同一段時間，和村上先生取得聯繫。並獲得可以優先考慮刊登村上先生小說的第一選擇權對嗎？大家都知道《紐約客》是海明威、費滋傑羅、卡波提、沙林傑、卡佛等作家，都寫過的雜誌。如果這裡對村上先生的實力存疑的話就沒戲唱了，但為什麼村上先生的球會一下子就那麼準確地命中他們或她們的手套裡呢？我知道這是很魯莽的問題……

**村上**　大概有兩個原因。一個是《挪威的森林》在日本賣了百萬冊以上。這個新聞也傳進了美國出版界，他們可能也對《挪威的森林》的作者感興趣。在美國時，很多人都前來聯絡，表示想見我。這方面可見美國人很直率。例如，湯姆．沃夫（Tom Wolfe）也招待我去他住的公寓，談了很多。他是個很有趣的人。

另外一個原因，是我翻譯了瑞蒙．卡佛的作品。Sonny Mehta、Gary Fisketjohn、和Binky（Amanda Urban的暱稱），也正好是負責卡佛的人。作家托比亞斯．沃夫（Tobias Wolff）也對我感興趣，給了我一些建議，這也多少因為他是卡佛的好朋友。他們說起來可以算是「卡佛幫」的。現在聯繫已經漸漸鬆懈了，當時還團結得很堅固呢。

——卡佛去世是八八年吧。《挪威的森林》是八七年出版，《瑞蒙卡佛全集》是九〇年開始出版的，村上先生到普林斯頓是九一年，全都連接上了喔。

**村上**　不過以結果來說，《挪威的森林》和瑞蒙．卡佛的翻譯工作，成為我在美國的替代名片。

——那麼《挪威的森林》也很有用嘛（笑）。

**村上**　在這層意義上是少數「好事」之一了。

——《紐約客》第一次刊登村上先生的短篇，是在您快要去普林斯頓之前的九〇年，我想第一篇應該是〈電視人〉。同一年又登出〈發條鳥與星期二的女人們〉，九一年再登出〈象的消失〉，翌年刊登〈睡〉和〈燒掉柴房〉。以當時還保持比較保守風格的老牌雜誌立場的《紐約客》來說，我印象中算是以相當積極的頻率持續刊登的。感覺得到《紐約客》

502
507

想把村上先生向前推出的態度。

**村上** 所謂保守，也可以反過來說是很重視跟人的關係。因為擁有雜誌刊登的第一優先權也有關係，我想《紐約客》有一半左右，把我當成專屬作家般思考。負責的編輯Linda Ascher一有什麼事就會跟我聯絡，一起吃個飯，進行溝通。這種事很重要。很重視聯繫。不過任何國家都一樣。

其次我從一開始就以自己的想法做的是，小說的翻譯完成稿由我自己準備。無論是請Jay Rubin、Philip Gabriel或Alfred Birnbaum，我都付他們翻譯費準備好翻譯稿。把稿子帶去給Binky。所以對Binky來說，條件上和處理美國作家是同樣的。雖然必須自己準備翻譯費，但也可以選擇自己信賴的翻譯者，可以檢查文章。我想這點也很重要。不是一切都交給別人，要用自己的手和腳。

剛開始和美國出版界接洽的最初階段，正好是我開始住在普林斯頓的時候，這點也很巧。從普林斯頓到紐約開車一小時多一點，因此和紐約的克諾夫出版集團和Binky所在的ICM也能輕鬆地來回。什麼事都一樣，不實際碰面的話事情很難前進。我跟克諾夫出版集團的Sonny Mehta見面，也被招待到他在紐約的自宅，那是第一次見面。這也很偶然，他的朋友在普林斯頓，普林斯頓的朋友也是我認識的人。因為這個緣分我才跟Sonny Mehta見面。也立刻就決定*The Elephant Vanishes*（《象的消失》）由克諾夫出版集團出版。

日本人和歐洲人似乎以為，美國的出版社是商業主義的，不能賣的書他們不會出力，而且沒有人情味，事實上也的確不是沒有這一面。不過實際和他們打交道之後，發現大部分人真的是因為喜歡書而做出版的。他們會看著作家的臉，花時間慢慢把事情談好，一件一件決定下去。也會認真傾聽作家的意見。如果喜歡你的作品，真的會像父母般地照顧你。有時還會確確實實地挺身出來保護你。對於以《美國殺人魔》（*American Psycho*）被世間眾人撻伐的布列特．伊斯頓．艾利斯（Bret Easton Ellis），Binky獨自挺身而出保護他的模樣，我至今仍清楚記得。真是非常勇敢的行為。

以一句話來形容他們，就是書和編輯的專家。日本的編輯也有優秀的人才，不過因為終究是上班族，因此有時會屈就於公司的倫理。這方面相當不同。我因為是個人主義者，所以喜歡professional、specialist等專門職。所以和美國出版界的接觸，要比日本輕鬆多了。

——日本的編輯與其說是專門職，不如說什麼都要做。又要想廣告文案，又要管書的設計，依銷售計畫要跟作者密切聯繫。有時也扮演文學經紀的角色。有時還要參與海外的版權聯繫。但又突然被調去做雜誌，一下又被調到廣告部門。美國的出版社基本上只出書籍，因此提到出版社的編輯，就是專門負責書籍編輯的人。雜誌是雜誌社的東西，因此雜誌的編輯就不會成為單行本書籍的編輯。而且單行本的編輯年資久了以後忙碌起來時，會有助理，所以打雜的事也不必親自煩勞。

**村上**　相對的，如果業績不好的話，就會很輕易地被裁員。日本的編輯調動多，而且不是專門職所以會逐步被指派任務。可能會因為主持會議或接待工作增加而離開編輯現場。有兼任職務時，老實說，身為編輯的感性和敏銳度就會下降。很多人連性格都改變了。讓人有種本來不是這種人的感覺，這種現象似乎公司越大就越多。Gary Fisketjohn 在克諾夫出版集團也擔任重要職務，不過那是名義上的，本人依舊以自己的步調，做著自己喜歡的事過日子。如果在日本，不管你業績多好，都不太能這樣吧。

Binky 也是，如果以在日本的公司的地位來思考，並不是直接負責我的事情的身分。當然有助理，不過如果有什麼重要事情時，現在還會直接跟我聯繫。Binky 對自己的工作絕對不會輕易放開。她認為個人的聯繫是工作的全部。定期兩個人吃飯，談各種事情。從工作到個人的細微事情。相較於公司，是以個人邏輯為優先。如果只談工作上的作法，我覺得美國的出版界比較輕鬆。辦事比較快速。

## Author Tour 作家之旅

——說到美國的出版界，運作得比日本更體制化喔。我在負責海外版權時，看到歐美出版界的體制，感覺同樣是出版界卻相當不一樣。

至少一年兩次、或每季，都會製作出版社即將出版的書籍目錄。這目錄首先擔負了向書店提供情報的任務。美國的出版界沒有再販制度，書店原則上不能退貨，因此今後會出什麼樣的書，書店必須自己拚命搜集資訊才行。出版社也幾乎直接從書店接受訂單出貨，因此能進多少書的命脈，就靠商品目錄這份初期情報。除此之外，書店也會在書展中盡早獲得書的樣書好好閱讀。出版社的業務負責人也會把書的內容記下來，向全國書店推銷。出版社和書店雙方都不能「坐著等」。商品目錄同時，也和四月舉行的倫敦書展、十月舉行的法蘭克福書展結合，成為推銷海外版權的資訊來源。

商品目錄大約一個作品一頁，介紹書和作者，初版冊數、廣告活動也在這裡刊登，全美有幾個城市預定辦 Author Tour 等相關活動資訊都一併刊載。Author Tour 在地方城市會辦朗讀會、簽名會、地方報紙的採訪或地方電台的訪談等，也就是作家自己參與的業務活動。我到法蘭克福書展時，作家也經常出現在作家的演講會或出版社主辦的宴會上。

我第一次跟約翰・厄文打招呼，就是在法蘭克福的飯店所舉行的瑞士第歐根尼出版社（Diogenes）的宴會上。我很驚訝厄文會在這樣的宴會出現。我看厄文陸續和很多人交談，這樣重複做也很辛苦吧？不過我想對歐美作家來說，這可能很平常。村上先生向來都不接這種邀約吧？

**村上**　我從一開始，就明白表示過我不能做這種事。不上電視和電台，不辦朗讀會，也不做Author Tour。

為了促銷，多半會在合約上規定作家要做什麼。我全部都不做，所以最初壓力很大喔。大家都做，連那約翰·厄普代克都做了，你怎麼完全不配合？你是哪位大爺，到底想怎麼樣？一副要吵架的樣子。即便如此我還是不做。不過過了十年之後，Binky說：「春樹，你說得有道理。不做Author Tour，書的銷量也會自然增加。」我的作法和方針這時候才被認可。美國人只要有結果出來就會認可。不過我並不是基於戰略才這樣做，只是單純不喜歡所以不做而已。

現在，經紀人和出版社都對我放棄了。或者說，從中途就知道那是我的註冊商標一樣了。偶爾接受採訪時，開頭一定會聲明，村上是不太外出的人，這是非常例外的情況。當然我並沒有被當成像沙林傑或品瓊那樣極端的人，不過不喜歡外出則已經成為固定的情報了，因此最近輕鬆多了。在固定下來之前雖然辛苦，但這只能由自己來保護自己了。

## 全美暢銷排行榜

——最初出版的是短篇集《象的消失》，然後在美國的單行本出版您覺得進行得怎麼樣？

**村上**　克諾夫出版集團和Binky其實都希望第一本出長篇，但因為和講談社國際出版部有訂契約，因此當時沒辦法。最初出版的《象的消失》頗獲好評，但美國的短篇集不太容易賣。不過因為也出了平裝本，所以我想賣得還算不錯。另一方面《紐約客》繼續穩定地登出短篇。我想這本雜誌的刊登為我的小說漸漸滲透到美國讀者之間製造了契機。然後，《發條鳥年代記》出版了，過去所累積的成績總算結成果實。

——確實在舊金山，上了暢銷排行榜吧？

**村上**　《發條鳥年代記》能夠一開始就拿下好成績，是因為先在《紐約客》刊登了部分摘錄也有很大關係。Jay Rubin在翻譯《發條鳥年代記》時，《紐約客》編輯Linda Ascher跟我聯絡。說想刊登《發條鳥年代記》的部分摘錄，希望能選出摘錄的部分來。美國出版界把長篇的摘錄刊登在雜誌上，對雜誌或對出版社來說都是相當重大的事。對出版社來說這跟發售前的評語有關，對雜誌來說是能率先登出話題作品，因此格外熱心。我跟Jay充分商量後選出了摘錄部分，九五年在《紐約客》刊登摘錄〈襲擊動物園〉、九七年刊登〈發條鳥年代記#8（或第二次不得要領的虐殺）〉。

這兩段摘錄在《紐約客》刊登後，克諾夫出版集團的職員當然也讀了《紐約客》，所以認為這個可以，促銷活動可以做得大一點的聲音似乎也提高了。公司內部也興奮起來了。因此感覺《發條鳥年代記》是理所當然該暢銷的。

登上暢銷排行榜，是在西海岸的媒體《舊金山紀事報》，和東海岸的媒體《波士頓環球報》的事。在舊金山和波士頓，自從《發條鳥年代記》之後，我的書一定會進入排行榜。在《舊金山紀事報》中，《海邊的卡夫卡》曾經連續三週第一名。我當然嚇一跳，不過像舊金山這麼前端的都市某種程度是可能發生的，而《波士頓環球報》也因為是知識分子眾多的新英格蘭地區出的報紙，所以不能把這單純地一般化。《紐約時報》當然是地方報，但星期日版所包含的「紐約時報書評」是全國版的。所以上面所刊登的全國暢銷榜，是根據從南達科他州、田納西州到德州等，全部包含在內的銷售成績。在這裡翻譯書能進榜是很稀奇的。

——「紐約時報書評」的全美暢銷排行榜，跟舊金山和波士頓的意義就截然不同了吧。村上先生的書第一次進入全美排行榜是《海邊的卡夫卡》嗎？

**村上**　是的。名次我記得精裝本是第十七名，在榜上算是排後面。差一點落榜。其次我有一點意外的是《關於跑步，我說的其實是……》（二〇〇七）。不知道為什麼這本也進了非小說類的全美暢銷排行榜。精裝本第十四名。

——我還不知道。這可真不簡單吶。那本書在歐美流來說的話是手記般的東西，我想這跟身為小說家的村上先生相當受到矚目也有關係。美國人喜歡跑步也有關係吧。

**村上**　因為以前我在海外幾乎沒談過自己，所以可能大家對這感興趣也不一定。在歐美，手記這個領域已經確立了，這種情形也有關係吧。不過無論如何，我的書以《發條鳥年代記》被知道，以《海邊的卡夫卡》固定下來。《海邊的卡夫卡》被《紐約時報》選為二〇〇五年「今年出版的書最優秀的五冊小說」。上了《紐約時報》書訊的全美排行榜我才知道，名字能登上「全國暢銷榜」，在出版界就等於瞬間鍍了金箔。

——經紀人Binky也非常高興嗎？

**村上**　非常高興。因為我的書賣到海外出版社時，有進全國暢銷排行榜好像是一件大事。而且書的封面也會印上「全國暢銷排行榜書」。我知道對美國出版社和經紀人來說，旗下的作家能登上頂尖舞台這件事，意義上比我們想像中要來得更大。

## 耶路撒冷獎的事

——村上先生近年來，得了法蘭茲・卡夫卡獎、法蘭克・歐康納國際短篇獎、西班牙藝術文學勳章等海外頒給的獎項機會增加了。去年，耶路撒冷獎領獎時，在當地做了一場演講。耶路撒冷獎是兩年頒發一次的獎項，在耶路撒冷國際書展的會場舉行頒獎典禮，過去出線的得獎者有格雷安‧葛林、米蘭‧昆德拉、J‧M‧柯慈、馬里奧‧巴爾加斯‧尤薩、唐‧德里羅、蘇珊‧桑塔格、亞瑟‧米勒等作家。日本村上先生得獎的消息成為大話題的報導中，「為什麼要接受打壓巴勒斯坦的耶路撒冷的獎？」認為應該辭退的聲音也相當大，也因為這樣，雖然是文學獎，卻出現了政治上的壓力。

**村上**　我本來就完全不喜歡領獎，或去參加頒獎典禮發表演講這類事情。只想盡量安靜地過日子。我是這種人。如果是十五年前的話我可能會一開始就拒絕這個獎。不過為什麼當時沒有拒絕，我想是因為跟以前不同了，我心中產生了類似責任感般的東西。會這樣感覺，還是從寫《地下鐵事件》開始的。那件工作結束時，對於自己該做什麼，覺得該承擔下來的事情，產生了就算不喜歡、不想做，某種程度還是必須努力去做的心情。

不過耶路撒冷軍開始進攻加薩時，我還是想拒絕領這個獎。我當然不贊成耶路撒冷的軍事行動，也不能到紛爭當事國的紛爭中城市，去領一個文學獎。不過同時，相反地，正因為事情變成這樣，所以不能不去好好領這個獎，到那個場所去，把自己該說的話說出來才行——也有這種想法。這兩種選擇之間，老實說相當煩惱。不過最後，我還是決定去當地看看。看在那裡正在發生什麼事，想親眼看看，並以自己的語言陳述自己的意見。那對我是一大挑戰。想用自己的眼睛實際看看，就跟沙林毒氣事件的時候一樣。什麼都不看就轉過身去是不好的。這樣決定之後就不再猶豫了。

然而領獎的報導一出來，當下卻引起那樣大的騷動。甚至聽到有人要發起不買我的書的運動。雖然我是在深思熟慮之後才下的決定，但人們並不瞭解。以為我只要能從外國領獎，就什麼都不想地出發了，老實說覺得很不是滋味。對那些所謂「進步媒體」缺乏想像力的僵硬模樣，尤其感到失望。如果是公正的媒體，應該是在考慮過各種可能性之後才議論事情的。

——那時候，決定領獎後各方批評聲浪一擁而上，您當然知道，我想向來對約旦河西岸和加薩的情勢就一直很清楚的村上先生，不可能沒有某種決心和思考，就去耶路撒冷。我想這樣想的人可能也很多。報導往往和人們實際上的想法有出入。

**村上**　從媒體上看來卻是清一色的批評。

——確實是這樣。

**村上**　如果要問在那事件中我最確實感受到的是什麼，大概就是在那種狀況下，情報單方面湧現，是件相當苛刻的事。我雖然不太讀報紙和雜誌，但情報還是像水庫決堤般，以壓倒性水壓一下子沖過來。而且收到情報的普羅大眾，就照字面照單全收。接受後，再把那轉發到其他地方去。我重新深刻感覺到，真是個可怕的社會。

——日本社會經驗過那樣大的戰爭，還是沒有改變感情用事的擴張方式，或一口氣往某方向「嘩！」地湧去的感覺，完全沒有改變，我覺得這也反覆持續了幾十年了。針經常都只極端地擺向一邊，太少停下來說等一下啊，先想一想。我想媒體的態度也帶來相當大的影響，不過我覺得這跟表裡的關係很接近。

**村上**　而且，我覺得大聲說話者的勝利感似乎更加強了。光會說，卻不負責任。去領耶路撒冷獎時的演講，是那時候我所能做的最大事情了。我不能說得比那更多，比那更少又沒有意義。我打算竭盡所能地做最善的事情。雖然有聲音說應該更清楚地批判耶路撒冷，不過實際上在那個場所，不可能那樣做。到當地去，不是那樣的氣氛哪。

——不過我覺得村上先生演講的效力真的很不得了。那段演講，感覺也讓媒體的論調完全翻轉了。

**村上**　也有些人這樣說。不過，確實也有些耶路撒冷獎的得獎人，更徹底批評耶路撒冷。蘇珊・桑塔格、亞瑟・米勒就是，阿根廷指揮家巴倫波因雖然不是得獎人，卻激烈地批判耶路撒冷的政策。猶太系的人批判耶路撒冷，說起來就像自己親人的批評一樣。但日本人，非當事人的我這樣做的話會怎麼樣呢？考慮過這點之後，我能盡量表達意見的就是那段演講。對我來說那已經是極限了。

## 關於片尾工作人員名單

——您會去電影院看電影嗎？

**村上**　我常去影城看電影。大致上都是一個人去的。

——您在影城看電影嗎？

**村上**　嗯。我買一千日圓的敬老優待票看的。比起東京的電影院，我喜歡到郊外影城看個痛快，只是，多半沒什麼好看的電影。小朋友看的、年輕人看的，或是常見的動作片，這類電影很多，卻不太有我想看的電影。不過有時候，我會一大早就去，在空蕩蕩的電影院裡看電影。比方說開車到小田原的影城，回程到早川港吃炸竹莢魚定食後再回家之類的。到東京的單館電影院看電影很累人呢。

——怎麼樣累人呢？

**村上**　就是有種裝模作樣或正經八百的感覺。因為都是些學習性質或教養主義的電影，多半都不合我的胃口。要說什麼地方令人討厭，就是電影結束時片尾不是有工作人員名單嗎？大家都端正坐好盯著看。好像是規定好似的，無論如何我都沒辦法喜歡。

——如果片尾工作人員名單出現的話……

**村上**　我會立刻回家。因為很浪費時間嘛。是誰負責外燴包伙什麼的，我根本不想知道。

——哈哈哈。

**村上**　因為幾乎毫無意義嘛。我喜歡美國電影院的地方，就是沒有人會去看那種東西。故事一結束，電影院就啪地變亮了，打掃的人劈里啪啦地進來。我喜歡那樣。

（張明敏譯）

——演講結束時，引起掌聲吧。

**村上**　也有不少人臉色不悅。

——「高牆和雞蛋」的比喻當然也是，不過出現「體制」這種說法，我想畢竟是小說家的演講。「體制」也是村上先生在現在的小說中所思考的最新問題。

**村上**　耶路撒冷的市長在那之後前來跟我握手，並說：「那才是小說家的演講。」也有意見說，如果有雞蛋和高牆，會支持雞蛋是當然的。不過我想真的是這樣嗎？我個人在想，當有雞蛋和高牆的時候，能斷言百分之百站在雞蛋這邊的日本人不知道有多少。我自己都沒有絕對的自信。

說到支持雞蛋，光是有心還不行。必須要有相當的決心，和負責到底的認知。我去聽地下鐵沙林事件現行犯的審判，強烈地感覺到這件事。這些人所做的毫無疑問是惡的、不可被允許的事，雖然如此我還是不得不站在他們這邊去深入思考事情。就算因為這樣而受到被害人的抨擊，受到社會的抨擊，這種心情還是無法改變。

這種心情在《1Q84》中也放進了很多。在耶路撒冷那混有刀刃般尖銳空氣中所考慮的事，還有在東京地方法院堅硬椅子上所考慮的事情，和我現在在小說中所考慮的事情，底部基礎是互相連續的。當然不是在這裡就結束了，我往後還會一直同樣地繼續思考下去。

## 短篇小說和雜誌的關係

——關於開始寫下一部小說的時期，還完全看不見嗎？

**村上**　我想關於長篇，至少還要休息一年。可能會想寫短篇，會怎麼樣，還不清楚。其實我不寫小說的時期比寫小說的時期長。花了將近三年寫《1Q84》，所以不休息一年以上的話力量累積不起來。精神也支持不了。

——以相信《1Q84》還會繼續的我來說，這次的心情好像不能像過去一樣輕鬆地說：期待長篇之後所產生的短篇了（笑）。我始終完全認為村上先生是長篇作家，不過短篇我也經常很期待，這點我想重新向您表達。例如，短篇集《神的孩子都在跳舞》，我覺得擁有相當於長篇《發條鳥年代記》的意義。是以第三人稱所寫的也有關係，不過我感覺到有只以那樣還不足以說明的巨大改變。村上先生自己覺得怎麼樣？

**村上**　關於短篇我擔心的是，難免會形成幾種類型。或許因為我不是短篇作家的關係吧。

——雖然我無法分出那種類型來，不過村上先生感覺得到這類型嗎？

**村上**　以本人來說有。因為長篇沒有類型，所以有不知道會往什麼地方去的刺激和趣味。但短篇的情況，卻有必要控制在某個地方。說喜歡我的短篇的人，可能是喜歡這種收場方式。並不是不曾有過在短篇這種容器中，來寫一點什麼整體性東西的心情。確實有只能在短篇中寫的材料。不過我腦中現在還沒浮現具體創意般的東西。這也只能耐心等待了。

## 今後的事

——村上先生有以十年後這樣的區分方式，來思考往後的事情嗎？

**村上**　今後的事情，我只考慮鍛鍊身體的事。因為我想只要鍛鍊身體、有節制的話，應該還能寫吧。只是，如果回顧過去，我想不太起來超過六十歲，還能持續的作家。當然還是有很多成熟了，而且還寫得出好作品的作家，不過能擴大規模，寫出更大尺度小說的作家，以實例來說一定很少。我也過六十歲了，今後會怎麼樣完全是未知數，因此只能以未知的狀態實地去做了。只是，以我的感覺來說，我有約略再花個十年，一面開拓更寬廣視野一面寫下去的心情。

　杜斯妥也夫斯基六十歲時過世，所以沒有以後的作品吧。費滋傑羅在四十幾歲中期就去世了，卡佛也在五十歲就去世了對嗎？大家都年紀輕輕就離開人世了啊。剩下來已經沒有可以實際當我的典範的作家了。

——這是很難過的事嗎？

**村上**　不過這種事要說起來，也沒有跑了二十五、六年馬拉松的作家喔（笑）。我基本上認為人就像是實驗室一樣的東西。但這是無法重新來過、只有一次的實驗室，因此總之要好好確實耐心地累積資料，會出現什麼樣的結果，只能靠自己的眼睛確認。或許不會有什麼像樣的結果。即使這樣，與其什麼都不做，還不如定下目標累積資料會比較好。總之只能以自己的身體去試看看。每天早睡早起地生活，確實地運動，做某種節制，吃對的食物，把這些排列出來，看起來雖然像傻瓜一樣，不過長年累月地繼續下去的話，自己身上會發生什麼事？我有種想親身看一看的心情。只不過是好奇心而已。因為覺得不太有作家這樣做。

　維多利亞時代的作家，據說安東尼．特羅洛普（Anthony Trollope）就過著這樣的生活喔。他在郵局上班，早晨很早起床認真寫小說，然後去郵局工作，再回家，這樣的生活持續了幾十年，世人似乎不知道這件事。十九世紀的人都熱心地讀著特羅洛普的書，也給予很高的評價，但有一次大家知道了特羅洛普生活規律和在郵局上班的事之後，大感失望都不再讀他的書了（笑）。

——為什麼會失望呢？

**村上**　因為當時的讀者，認為過著那樣規律生活而寫作的小說家一定很無聊。所謂作家，應該要追求非日常的浪漫香氣的。我從柴田先生那裡聽到這件事，對特羅洛普非常感興趣。很想好好讀一次他的傳記看看。我對特羅洛普這位作家的小說不太有興趣。就我所知，生活規律的作家，具體上知道的只有特羅洛普。

——我一聽到生活規律，倒想起康德來。

**村上**　伊曼努爾．康德（Immanuel Kant）出生在非常貧窮的家庭。據說沒錢繳學費，學生時代靠賭撲克牌和賭撞球賺生活費。他這方面很行，倒有點意外吧。

——是嗎？這跟康德的印象不太合啊。

**村上**　我是從毛姆的書上知道這件事的。對經歷過這樣辛苦的康德而言，還能過規律生活說起來好像是極端奢侈的事不是嗎？上次我忽然想到，重新讀了舊的《毛姆全集》，毛姆也寫了很多有關作家的事。世間有不等到靈感來訪就無法提筆寫作的人，但那樣的話就無法當一個職業作家。如果要等靈感，永遠寫不了小說。既然要寫就要每天不鬆懈地寫，這件事很重要，他說。

光是等靈感來的話，永遠也寫不出來，這並不符合我的情況。因為只要等一定能等到能寫的時候來臨，我覺得一直耐心等是我的工作。我一面在做翻譯、寫隨筆，一面在等待時機，感覺時候到了，就把其他事情全部拋開，開始寫小說。關於這部分，毛姆所說的雖然不符合我的情況，不過一旦開始寫之後，關於就算不想寫也不得不寫這一點，我想毛姆說得很對。錢德勒也說過幾乎相同的話。總之每天就算完全沒寫，不寫也沒關係，還是要在書桌前坐一小時，他說。在那之間，不能讀書或玩拼字遊戲。只能一直安靜坐著。想什麼都行。只要安靜坐著，他在書簡集中這樣說。

——日本作家之中，我想不起有誰……叫人規律地生活、習慣性地寫的人。

**村上**　向來是無賴派作家比較擁有力量，所以說起來看來勤勞的作家，就會被人家當成傻瓜吧。我想一定也有過著規律生活的人。我認為我能勤勞而規律地工作，跟我開過店七、八年也有很大關係。

——「彼得貓」那七、八年，說起來對村上先生身為小說家的姿態也留下不少影響喔。

**村上**　跟開店比起來，寫小說真的輕鬆多了，當時這樣想。心想這樣輕鬆可以嗎？所以某種程度，想到不給自己一些規矩限制不行。認為這麼輕鬆，人會墮落下去。所以我才會每天開始跑步。不想寫的時候也要寫，試想起來是理所當然的事。所謂勞動就是這麼回事。開店時間到了就不得不開門。就算今天不想做啊，也不得不做。覺得好討厭的客人，也不得不微笑地說歡迎光臨。這樣的生活長久繼續下來，對寫這件事，把同樣的勞動倫理帶進來也變成理所當然了。如果我是從學生直接當上作家的話，或許勞動倫理的想法就不會出現了。

——開店這件事還是很辛苦吧？

**村上**　很辛苦喔，真的。肉體上的勞動很辛苦，接待客人很辛苦，用人也很不簡單。無法早睡早起要工作到深夜、店裡氣氛不好，都很辛苦。辛苦的事太多了。以為可以一面聽音樂一面工作應該會很快樂而開始開店的，但事情卻不是這樣。中途搬到都心，又揹了一筆貸款。

一面開店一面寫的是《聽風的歌》和《1973年的彈珠玩具》，那時候每天生活都相當辛苦，所以有因為寫那樣的文章，自己心裡有某種東西淨化了的地方。有討厭的事情、有疲憊的事情，在寫著那樣的文章之間，感覺自己某方面得救了。

不過在那個時間點，對於那是個人性的東西、個人性的得救，或那擁有什麼樣的普遍性，或是否不得不擁有，都還不太清楚。但那時候，開始知道只有這樣是不夠的。也知道如果光是這樣做下去的話，什麼地方都到不了。心想一面開店一面寫的話，絕對不可能寫出大格局的東西。

——像今天這樣沒有寫小說，也沒有翻譯的日子，原則上是沒有這種時候的對嗎？

**村上**　旅行時什麼也不做。電腦也不帶的旅行時，就像停電了一樣，這次也一樣。昨天和前天，可能明天也不工作。這樣長時間談論過自己，就已經無法工作了啊。

——很抱歉。

**村上**　不，沒關係。因為現在長篇的工作剛結束，還沒有什麼事情可做。

——三天之間，真的非常感謝。能夠說這麼多，這三天讓我們對村上先生小說家的姿勢和想法，很多地方都能很深入地充分瞭解。

**村上**　辛苦了。真的很累吧。

——非常感謝。

（二〇一〇年五月十一日、十二日、十三日，於日本神奈川縣足柄下郡箱根町）

### 受訪者簡介：

村上春樹，1949年，生於京都。
早稻田大學第一文學部戲劇系畢業。
1979年，以《聽風的歌》獲群像新人文學獎。
主要的長篇中，《尋羊冒險記》獲野間文藝新人獎，《世界末日與冷酷異境》獲谷崎潤一郎獎，《發條鳥年代記》獲讀賣文學獎，《挪威的森林》、《海邊的卡夫卡》、《1Q84》獲每日出版文化獎。
主要的短篇，有《開往中國的慢船》、《神的孩子都在跳舞》、《東京奇譚集》。
有關地下鐵沙林事件、奧姆真理教著作有：《地下鐵事件》、《約束的場所》。
譯書有《瑞蒙·卡佛全集》、《刺穿心臟》、《麥田捕手》、《大亨小傳》、《漫長的告別》等。
2006年獲法蘭茲·卡夫卡獎、歐康納國際短篇小說獎、2009年獲耶路撒冷獎。

非常口
FIRE EXIT

『《1Q84》之後～』特集
——村上春樹Long Interview長訪談

口　　述—村上春樹
採　　訪—松家仁之
攝　　影—菅野健兒
譯　　者—賴明珠、張明敏
主　　編—嘉世強
編　　輯—邱淑鈴
美術設計—周家瑤
企　　畫—黃千芳
校　　對—王俞惠、邱淑鈴、賴明珠
董 事 長
發 行 人—孫思照
總 經 理—莫昭平
總 編 輯—林馨琴
出 版 者—時報文化出版企業股份有限公司
10803台北市和平西路三段二四〇號三樓
發行專線—（〇二）二三〇六—六八四二
讀者服務專線—〇八〇〇—二三一—七〇五
（〇二）二三〇四—七一〇三
讀者服務傳真—（〇二）二三〇四—六八五八
郵撥—一九三四四七二四時報文化出版公司
信箱—台北郵政七九～九九信箱
時報悅讀網—http://www.readingtimes.com.tw
電子郵件信箱—liter@readingtimes.com.tw
法律顧問—理律法律事務所　陳長文律師、李念祖律師
印　　刷—盈昌印刷有限公司
出 版 日—二〇一一年一月二十一日
定　　價—新台幣一九九元
⊙行政院新聞局局版北市業字第八〇號


國家圖書館出版品預行編目資料

『《1Q84》之後～』特集——村上春樹Long Interview長訪談 / 村上春樹口述；松家仁之採訪；賴明珠、張明敏譯. -- 初版. -- 臺北市：時報文化, 2011.01
面；　公分. --（藍小說；954B）

ISBN 978-957-13-5324-1（平裝）

1. 村上春樹　2. 訪談　3. 文學評論

861.479　　99026691

MURAKAMI HARUKI LONG INTERVIEW (from "Kangaeruhito" 2010 Summer issue)
Interview by Masashi Matsuie
Photographs by Kenji Sugano

First published in Japan in 2010 by SHINCHOSHA Publishing Co., Ltd., Tokyo.
Chinese(in complex character only) translation rights arranged with
Haruki Murakami/SHINCHOSHA Publishing co., Ltd., Japan
through THE SAKAI AGENCY and BARDON-CHINESE MEDIA AGENCY.

ISBN 978-957-13-5324-1
Printed in Taiwan